当代最具实力作家散文选 · 秦岭 卷

宿命的行走

秦 岭 ◎ 著

中国言实出版社

图书在版编目（CIP）数据

宿命的行走 / 秦岭著 . -- 北京：中国言实出版社，
2018.7

（雄风文丛 / 王巨才主编）

ISBN 978-7-5171-2823-6

Ⅰ . ①宿… Ⅱ . ①秦… Ⅲ . ①散文集—中国—当代
Ⅳ . ① I267

中国版本图书馆 CIP 数据核字（2018）第 139941 号

出版发行	中国言实出版社
地　址：北京市朝阳区北苑路 180 号加利大厦 5 号楼 105 室	
邮　编：100101	
编辑部：北京市海淀区北太平庄路甲 1 号	
邮　编：100088	
电　话：64924853（总编室） 64924716（发行部）	
网　址：www.zgyscbs.cn	
E-mail：zgyscbs@263.net	

经　　销	新华书店
印　　刷	三河市祥达印刷包装有限公司
版　　次	2018 年 8 月第 1 版　　2018 年 8 月第 1 次印刷
规　　格	710 毫米 × 1000 毫米　1/16　13 印张
字　　数	208 千字
定　　价	38.50 元　　ISBN 978-7-5171-2823-6

何妨吟啸且徐行

王巨才

二十世纪最后几年，文学界一个引人注目的景观，就是散文热的再度兴起。进入新世纪以来，这种热度仍在持续升温。这其中，尤以反思历史与传统文化的"大散文""新散文"理念风靡盛行，出现一批思接千载、视通万里、谈古论今、学识渊博的作品，给散文园地增添了新的色彩和样态。与此同时，传统意义上靠阅览、回忆、清谈、抒怀等书写人生百态的散文作品，也有一定变革，多数作家不再拘于云淡风轻的个人世界，从远离红尘的小情小感中脱离出来，融入充满生机与活力的现实之中，写出大量贴近大众生活的优秀作品，受到广泛赞誉。大体来说，这二十多年来我国的散文领域一直保持着潜心耕耘，不惊不乍，静水深流，沉稳进取的良好态势，情形可喜。

这套"雄风文丛"的十位作家中，吕向阳和任林举是专以散文创作为职业和志向的散文家，曾先后获得鲁迅文学奖和冰心散文奖，是散文领域的佼佼者。石舒清、王昕朋、野莽、肖克凡、温亚军、吴克敬、李骏虎和秦岭八位则都是久负盛名的小说家，他们的小说作品曾分别获得过鲁迅文学奖等奖项。这些小说家绝不是"跨界融合"，他们的散文毫不逊色，从作品的质量和数量上看，他们从来没把散文当作小说之余的"边角料"，而是在娴熟驾驭小说题材、体裁的同时，也倾心散文这种直抒胸臆、可触可感的表达方式。从这些小说家的散文里，更能感受到他们隐藏在小说后面的真实的人生格局和丰赡的内心世界。

宁夏专业作家石舒清，小说《清水里的刀子》曾获第二届鲁迅文学奖，并被改编为同名电影在东京电影节获得大奖。这本《大木青黄》是他第一本综合性随笔集。书中的"读后感"类，是阅读过程中就一些作品所作的印象式点评，借以体现和整理自己的审美取向和文学观点；"写人记事"类，写到生活中一些印象深刻的人和事，字里行间充满深长的思绪与感怀；第三部分涉及个人的兴趣爱好，比如喜欢体育、喜欢淘书、喜欢书法、喜欢收藏等等，笔致生动活泼，读之饶有兴味；"作家印象记"，知人论事，是对自己"有斯人，有斯文"这一观点的考察和验证。其他如"文友访谈"及往来书信等也都是作家本人工作、生活、思想情感的多侧面展现和流露，从中可以感受到一位知名作家疏淡的性情、厚实的学养和开阔的思想境界。

王昕朋是位饶有建树的出版人，也是创作颇丰的小说家，出版有长篇小说《红月亮》《漂二代》《花开岁月》等多部作品。他的散文视野广阔，感觉敏锐，情思隽永，文笔清新，从中可以看出，他写东西并不求题材重大，也不迎合某些新潮的艺术习尚，而是铺开一张白纸，独自用心用意地去书写自己熟悉的动过感情的生活，从中发掘自然之美，心灵之美，感受生活的芬芳，人间的纯朴。一组美文，构思精巧，意蕴深长，绘山山有姿，画人人有神，充满浓郁的诗意和睿智的哲思。生活中，美的呈现是多样的，刚正不阿、至诚至勇是美，敦厚谦和、博大宽宏也是美。王昕朋发现了这些生活中的人性美，并且抓住极富典型意义的美的细节和刹那间美的情态，用点睛之笔，透视出人物性格的光彩和灵魂的美质，给人以强烈的感染。

天津作家肖克凡的小说获奖无数，让他久负盛名的是为张艺谋担任编剧的《山楂树之恋》。他的散文《人间素描》以老练精短的文字记录一个个普通人物，从离休老干部到"八零后"小青年，极力展现社会生活百态，从而构成生机盎然而又纷繁驳杂的"都市镜像"。在《汉字的望文生义》中，作者讲述中日韩三国文字含义的异同，如日文"手纸"、韩文"肉笔"等汉字闹出的误会，涉笔成趣，令人忍俊不禁。《自我盘点》是作者自我经历的写照，体现了"文学的生命是真诚"的写作观，不论是遥远的往事还是新近的遭逢，都留有成长和行进的清晰足迹。《作思考状》其实是对某些对社会现象的严肃思考，有批判也有自省。《怀旧之作》的一个个人、一件件事、一桩桩情感，虽没有惊天动地的事件与杰出人物，却是作者真情实感的记录。《我说孙犁先生》，文字朴实，情感真挚，表达了对前辈作家独特的认识与由衷的景仰，在伤逝感怀文章中别具一格。

与唯美派的散文形成对应，野莽的文字如删繁就简的三秋之树，力求凝练和精准。他在所谓的文化大散文和哲理小散文中独寻他路，主张并实践着散文的思想性和历史感。他往往在颜色泛黄的岁月里打捞记忆，以情绪沉淀后的淡淡幽默再现特殊年代的辛酸和苦涩，每每发出含泪的笑。书中写到的"右派"父亲喂猪的故事正是如此。在文体理论上，他对散文的诠释是自然形成于诗与小说之间的一片辽阔的芳草地，在这里，小说家可以摘下面具，以真身讲述真情和真事；飞天路上的诗人也可以暂回人间，轻松地打开自己的心灵。国外大学选译他的散文作为中国语教材，想来自有道理。

温亚军的短篇小说获得过第三届鲁迅文学奖。与小说的虚构不同，他的散文完全忠实于自己的人生经历，大多取材于早年的记忆。他的童年和少年都是在西北乡村度过，记忆中，乡村的生活虽然艰辛，但充满着温暖和亲情。童年的愿望简单而质朴，他写怀揣这个愿望及至实现愿望过程中的满足和愉悦，叙事平实，情感真纯，每每能唤起读者共鸣。记忆的深刻性与性格乃至人格紧密相关，他的记忆之所以筛选出的多是温情暖意，是因为艰苦的乡村生活和淳朴的生长环境塑造了他宽厚善良的品格，《时间的年龄》《低处的时光》等都是通过一段记忆，构成一种考问，一种自省和盘点、一种向往与追求。而像《一场寂寞凭谁诉》等篇什中那些从历史洪流中打捞的点点滴滴，那些被作者的目光深情注视、触摸过的寻常事物，经由他的思考、探索和朴素的表达，也总能引发人们内心的波澜和悸动。

陕西作家吕向阳曾获冰心散文奖。他扎根关中大地，吸吮地域沃土和民间风俗的营养，相继写出《神态度》《小人图》《陕西八大怪》等五十万字的系列长篇散文，这在城市化的车轮即将碾碎老关中背影之际，无疑有着继绝存亡、留住民间烟火的担当。三万字的《小人图》是作者从凤翔木版年画中觅得的一组"异类"和"怪胎"。民间艺人把"小人"的使坏伎俩镌刻成八幅版画，吕向阳的剖析则由此生发开来，重在考问国民的劣根性，着力于诫勉与警省。《神态度》系列是从留在乡民口头的"毛鬼神""日弄神""夜游神""扑神鬼""尻子客"等卑微细碎的神鬼言说中梳理盘辨出来的，这些言说最早在西周之前就出现了，如果忽略它们，将是关中文化的损失，也是中华传统文化的失血。这些追述关中民风村情的散文，需要智慧，需要眼界，更需要广博的知识与执着的耐力，吕向阳付出的心血令人尊敬。

吉林的任林举以报告文学《粮道》获得第六届鲁迅文学奖。他的散文在精神取向上，一向以大地意识和忧患意识见长。他的诸多散文，突出表现即为情感的浓烈和哲思的深刻。而从文章的风格和技巧上考量，他又是一位最擅长写景、状物的作家。凡人，凡事，凡物，一旦经过任林举的笔端，定然会获得不同寻常的光彩或光芒，有时，你甚至会怀疑那人那事那物是否是一般意义上的文学客体；显然，其间已蕴涵着作家独到的理解与点化之功。至于那些随意映入眼帘的景物，经过他的渲染，便有了"弦外之音"和"象外之象"，有了一番耐人寻味的意蕴、情绪或情怀。这一次，任林举以《他年之想》为题，一举推出近六十篇咏物性质的散文，读者或可借此窥得其人生境界或散文创作上的一二真谛秘笈。

吴克敬是第五届鲁迅文学奖获得者，他进入文坛，是一种典型，从乡间到了城市，以一支笔在城里居大，他曾任陕西一家大报的老总。他热爱散文，更热爱小说，笔力是宽博的，文字更有质感，在看似平常的叙述中，散发着一种令人心颤的东西，在当今文坛写得越来越花哨越来越轻佻的时风下，使我们看到一种别样生活，品味到一种别样滋味。从吴克敬的作品中，能看到文学依然神圣，他就是怀着这样的深情，半路杀进文学界的。他五十出头先写散文，接着又写小说，专注于文学创作的他，看似晚了点，但他底子厚、有想法，准备得扎实充分，出手自然不凡。社会生活的丰富多彩和纷扰烦乱，在他人，只是领略了些许表面的东西，吴克敬眼光独到，他能透过表面，发现潜藏在深处的意蕴。他写碑刻的散文，他写青铜器的散文，都使我们惊叹其对历史信息的捕捉与表达，更惊叹他对现实生活的挖掘和描述，散文《知性》一书，充分展现了他的文学才华。

作为鲁迅文学奖获得者，山西作家李骏虎以小说成名，但从他的创作轨迹不难发现，他的散文写作历史更长。他以散文写作开始文学生涯，兴趣兼及随笔和文学评论。在把小说作为主要的创作形式后，李骏虎从来没有放弃散文，他的笔触始终跟随脚步所到之地，无论出国访问还是国内采风，都"贼不走空"，写出一篇篇具有思想华彩的散文作品，体现出朝学者型作家迈进的趋势。《纸上阳光》是李骏虎近年读书阅史沉潜钻研的成果，从"纸上得来未觉浅"和"阳光亮过所有的灯"两组系列文章不难看出，一个具有小说家飞扬想象力和史学家严谨治学态度的人文学者是如何苦心孤诣辛勤笔耕的。

近些年来，实力作家秦岭在《人民日报》《光明日报》《中国作家》《散文》《文艺报》等报刊发表大量散文随笔，叙说自己在生活与文学之间行走的发现与思考。他善于在历史和时代的交叉点上思考人生与社会，注重视角的多重选择和主题的深度开掘，既有对乡情的深深眷恋和回味，也有对自然和生态的无尽忧虑和追问，更有从自身阅读和创作经验出发，对当下文化、文学现状的深刻反省和诘问，从而使叙事富含思辨色彩、反思力量和唤醒意识。构思新颖、意境高远、韵味悠长。其中《日子里的黄河》《渭河是一碗汤》《走近中国的"大墙文学"之父》《烟铺樱桃》《旗袍》等作品，多被北京、广东、天津等省市纳入高中语文联考、高中毕业语文模拟试卷"阅读分析"题，受到专家好评和读者的欢迎。

文章合为时而著，歌诗合为事而作。在众多文学样式中，散文是一种最讲情理、文采，最能充分表达作家对时代生活的真情实感，也最能发挥作家艺术修养和文字功力的文体。《文心雕龙》讲："情者文之经，辞者理之纬；经正而后纬成，理定而后辞扬，此立文之本源也。"情有健康晦暗之分，辞有文野高下之别。作家的使命，是以健康思想内容与完美艺术形式相结合的作品去感染人、影响人、塑造人，进而推动历史发展和社会文明进步。纵观"雄风文丛"的十位作家，他们经历各不相同，创作各有特色，共同的是，他们都把文学当作崇高的事业，始终以敬畏的心情对待每一次创作、每一篇作品；他们与人民群众保持着密切的联系，坚持从丰富多彩的现实生活中获取创作资源和灵感：他们有高尚的艺术追求和鲜明的精品意识，竭力以精美的精神食粮奉献广大读者。正因为如此，他们的作品总能较为准确地反映时代的本质、生活的主潮、人民的呼声和愿望，总能给人审美的愉悦、心智的启迪与精神的鼓舞与激励。或者换句话说，在我们看来，这套丛书里的作品，正是当下社会需要、人民期待的那种弘扬主旋律，传播正能量，有道德、有温度、有筋骨又有个性和神采的作品。中国言实出版社精心组织这样一套丛书，导向意图不言自明，其广受读者欢迎和业界重视的效应，自可期待。

（作者系中国散文学会会长、中国作家协会原党组副书记）

目录

第一辑

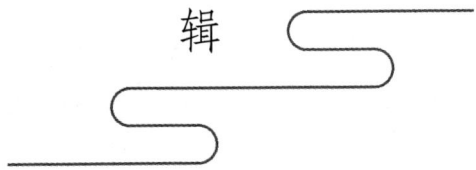

大地湾的声音

  一种声音，炊烟一样从东半球西部的一个湾里袅袅升起，让我想到地球是个发音的陶罐。谁晓得大地上到底有多少个湾？但故乡天水秦安县的大地湾，却像陶罐上仰面朝天的一个吹孔，"哇呜——哇呜——"，一响，便是八千年的薪火相传，像一个山高水长的诺言。

  "听哇呜吧，你会晓得天是圆的，地是方的。"老人们说。

  于是，我蒙昧的童年懂得了迷恋窗花外的一米阳光，它从天上来，从东走到西，从早走到晚，日子就在早晚之间静静地安放在大地上，有热炕，米酒，小道，屋檐水，还有牛羊。哇呜声传四方，先人用嘴，我也用嘴。吹响的，是一种鸡蛋大小的陶器，有两孔的，多孔的。八千年后的倒数某个年头，我在欧洲欣赏一场来自中国的民乐演奏，轮到一首古曲时，一种古朴、苍凉、浑厚、悲怆、悠长的旋律，像天籁之音从混声中分离出来，扇动着神秘的翅膀，在异乡低空飞翔。五湖四海的观众顷刻归于沉静。我哑然，这传说中的埙音，不就是现实中的哇呜声吗？

  现代文明对埙的解释是：中国最古老的一种吹奏乐器，约有七八千年的历史，八音之中，埙独占土音。我内心已经固执地反驳了：哇呜，它就叫哇呜！但我曾经并不晓得，这就是来自大地湾的声音，我更不晓得这种声音伴随着新石器时代先人们的步履，翻关山，趟渭河，再伴着黄河的涛声进入中原，把伏羲一画开天、女娲抟土造人的传奇变成人类文明的宣示。老人们早就说过的："大地，就是一把土，我们是土做的，哇呜也是土做的，它就是大地的声音。"我咋会懂这样的哲学呢？我只是母亲的一次创造，尚不晓得地有多久，天有多长。

"秦安的货郎担来啦——"

当年——上世纪七八十年代吧，村口常有这样的信息。伴随这信息的，必然是老人和娃娃的对话：

"给娃儿换一个哇呜，用两个麻钱。"

"我给爷爷吹一个啥曲儿呢？"

"吹啥，算啥。非得要吹个啥，那还叫哇呜吗？"

这么说着，漫山遍野的哇呜声已经荡开去，像风一样掀起黄土高坡的层层涟漪。吹哇呜的娃娃像大地的旗手，挺立风中，梦想和日子此起彼伏。我不晓得还有哪个年代的娃娃能像我的童年时代那样人手拥有一个或多个乐器：埙、胡笛、二胡……假如你看到一个娃娃的腮帮鼓满了全世界的风，那就是我。如果不是我，便是你。大地拥有我和你，就像我和你拥有大地。

八千年光景水一样过去了，一个堪称个例的故乡水落石出。上世纪八十年代进城或赶集时，亲眼看到一些人在距离我们村十几公里外的西山坪、师赵村一带空旷的田野里深挖细剖，后来方知他们是中科院考古队的专家。他们努力的结果不亚于引发了世界文明史上的一枚炸弹：这里的史前人类部落遗址，与毗邻百里的大地湾彼此呼应。大地湾的信息就这样朝我扑面而来，据说，上世纪五十年代某个普通的早晨，与阳光一起散落在大地湾一带农民矮墙上、茅坑边、牛棚里、炉灶旁的各种彩陶盆、灰陶罐以及地埂下悄然入梦的碎陶片儿，瞬间把甘肃省文管会专家的眼球撞成了血与泪的花瓣雨……一个石破天惊的结论诞生了：大地湾文化上开中原仰韶文化之先河，下启陇上马家窑、齐家文化之滥觞，早于陕西的半坡文化一千多年。二〇〇七年的那个夏天，一个不知深浅的青年人满怀狐疑地靠近了大地湾，始知大地湾遗址仅仅发掘了总面积的百分之一点三四，却已经宣告了诸多中国之最：最早的旱作农作物标本、彩陶、文字雏形、宫殿式建筑、"混凝土"地面、绘画……而那百分之九十八点六六的大地至今长醉不醒，湮没于骡子的铃铛、庄稼的私语和崖畔上的鸡啼。青年在猜想，假如它有朝一日彻底醒来，一湾的呼吸，会是超越八千年、上万年的肺活量吗？那该是怎样的一次发声亮嗓。

青年人迟到了，因为年轻。当他突然明白先祖在语言和文字尚未形成的蒙昧时代，不得不用诸如哇呜这样的象声词代替各种称谓时，一滴清泪飘落大地，成了一个湾，除了我，没人晓得这个咸咸的湾有多大。因为那个青年人就是我。和人文始祖诞生于同一个故乡，是我此生最大的传奇；和先祖遗踪的天日重现如此偶然地邂逅于同一个时代，也让我途经人间的意义，成了一个谜。

"哇呜——"，这来自秦安县五营乡大地湾的泥土之音，是在诉说吗？证明吗？启蒙吗？当传说中的伏羲、女娲时代，以接近历史的名义与大地湾的文化根脉链接时，我分明看到启肇文明的火光在渭水流域奔跑，开天辟地的石斧在关陇之巅舞蹈，包罗万象的八卦在天水城头闪耀。天水作为伏羲、女娲故里的定义，是一个多么惊世骇俗的古老事件。巧合也好，吻合也罢，永远不变的是大地湾的声音，以风的名义传递着洪荒分娩文明的喘息，传递着原始之血"汩汩"的流淌声，传递着一个时代存在的秘密。站在传说中伏羲演绎八卦的卦台山上眺望现实的大地湾，代表天的乾、代表地的坤、代表水的坎、代表火的离、代表雷的震、代表山的艮、代表风的巽、代表沼泽的兑等神秘符号飞舞而来，而我等又怎能走出视野的局限和思想的混沌？女娲抟土造人时，动了多大脑子啊！她没忘给我们的脑袋上捏了两个湾，一只是耳朵，另外一只也是耳朵。谛听，是为了期待我们茅塞顿开，大路四方。

先祖洞穴中传出的一种声音，曾惊着了当年的考古队员："这是啥声音？"

"哇呜。"农民回答。

"哇呜是啥？"

"风。"

"风？"

"风在拉家常，笑一阵，哭一阵。"

雷声在天庭，水声在沟壑，火声在森林。有谁，能在天地间找出第二种比风更为持久、旷远、亲近的声音。冥冥中，我似乎悟出了一点，伏羲、女娲兄妹何以择风为姓。大地湾的一些地方，自古以来是叫风台、风谷、风茔的。自古到底有多古，一曲哇呜，就晓得了。从茹毛饮血到刀耕火种，从世事混沌到男耕女织，所有的悲欢离合、喜怒哀乐，在生命的一段段曲谱、一支支歌谣里。东汉许慎云："庖牺（伏羲）所作弦乐也。"晋王嘉《拾遗记》云："庖牺（伏羲）……均土为埙。"先秦史籍《世本》云："女娲作笙簧也。"于是有人问我："埙、筝、琴、笙这些人类早期乐器，为什么会和天水有关？"我没有心思参与讨论，因为我发现，历史进入二十一世纪的今天，哇呜基本在民间消失了。几次回故乡，我问村口的娃娃："吹过哇呜吗？"

"没有。"

娃娃反问："啥叫哇呜啊？"

"那……晓得埙吗？"

"不晓得，这个字咋写？"

一段往事，突然撞上心头。当年有个小伙伴的哇呜吹得最好，他所有的哇呜都存放在一个彩陶罐里。据他爷爷讲，彩陶罐连同哇呜是他爷爷的爷爷的爷爷在一场山洪过后拣来的，谁晓得祖祖辈辈吹了几百年还是几千年？到了近几十年，盗墓贼来了，文物贩子来了，更可怕的是，各种各样的文明人来了……

"不吹了，哪有闲心啊，人人都跟日子玩命呢。"

八千年的声音，就这样在发展与腐朽、进步与断裂的全球化时代沦陷于另一种洪荒。都在往前奔，没人等待灵魂跟上来。不久前，我在北京的一场高雅音乐会上再次听到了埙音，顿时毛发直竖。抬望眼，文明的大幕被闪亮的银钩束起，我却不知今夕何夕。有人喟叹："伏羲、女娲时代与炎帝、黄帝时代之间长达三千年人类生存谱系留下的巨大空白和盲区，到底是怎么回事？"我报以苦笑。这世间最不堪回首的，恰恰就是哭比笑多的往事。何止三千年，就是三百年前、三十年前的历史真相，我们到底揭开了多少？毫无疑问，岁月必将把我们打造成未来八千年的祖宗，后人对我们的考察，是否如我们般幸运地以大地为背景倾听一种声音，我没有勇气妄论。尽管，我们总爱被一些美丽的梦想簇拥。

我不希望大地湾的声音成为这个时代虚伪的怀念，我宁愿历史永远活在传说里，传说远比历史真诚得多，与八卦一样不朽。一旦哇呜响起，我们就晓得，大地，是一个大大的湾，无论祖先多么古老，后人多么年轻，都是四世同堂。"哇呜——哇呜——"，炊烟升起，一定是起火做饭了。

　　我学着祖先的样子选择了东迁，到了大地的另一个湾。每次返乡，都要在旅游商店里买一个复制的哇呜。其实，我一直想从博物馆搞一个真的，和祖先一起吹，在大地上，朝下一个八千年。

日子里的黄河

　　"日子，就是一担水。"从黄河儿女的这句口头禅里，我闻到了烟火味儿。

　　小时候，我不懂。"黄河远上白云间"，那滔滔的黄河水，该是多少担水啊！把黄河与日子联系起来，我总是想到扁担、木桶和黄土高坡上的羊肠小道。一位长满花白胡子的老人说："其实，咱和黄河天天见哩，咱都是女娲蘸着黄河水抟着黄土造出来的，都是黄河的娃哩。"

　　至今想来，这句话几乎涵盖了哲学、宗教、艺术的所有意味。中国的乡村，到处都有龙王庙。求水的日子里，成千上万的人高举火把，在苍天之下、大地之上跪成一种无与伦比的虔诚和渴望。在红烛的火焰和紫香的缭绕中，庄重、慈祥、平静的水龙王，俯瞰众生，目光里蓄满了母亲才有的表情，她身上倾注了芸芸众生对河流的崇拜和念想，她是龙，也是水。当一担水挑回家，炊烟袅袅升起，日子里所有的滋味儿都有了。喝一口黄河水，一种宗教般的庄严，在我内心驻留、伸展、蔓延。

　　当明白一切祈福都是为了日子，我顿悟古代诗人"君不见，黄河之水天上来"的绝唱，不光是一种情怀，也不光是一种浪漫。

　　我有理由文学地断言，黄河的文化源头早已超越了地理意义上的故乡——青藏高原巴颜喀拉山北麓的约古宗列盆地，天下黄河"九十九道弯"的文化空间，同样超越了黄河五千四百六十四公里身长所辐射的疆域。黄河用数百万年的耐心和胸襟，轻轻拥揽了西北、中原、华北几十万平方公里的土地之后，天下苍生，尽在她温情的怀抱里。

沿着黄河走，我发现，黄河对人类精神的浸润和人类心灵对黄河心悦诚服的接纳，早已成为一种无与伦比的双向力量，让我感受到了黄河文明"创世"和"维世"的巨大景观。我去过山顶洞人、蓝田人等古人类遗址，当时的先祖们已经懂得给逝者佩上殉葬的饰品，用来抚慰灵魂。我同样去过与文明初肇有关的大地湾遗址、大汶口遗址、龙山遗址，目击之处，尽显先祖们的图腾和崇拜，他们以各种各样的符号，表达着人与自然、人与生命、人与万物之间千丝万缕的联系。黄河儿女们在万古涛声中，时刻保持着清醒的头脑：敬天法祖。自古至今，这片土地上到底诞生了多少灿若群星的先驱贤达、明君良臣，恐怕难以统计。我没有能力追溯历史，但我有能力仰望星空。

假如，百万年前中国西部的地质变化没有为黄河的诞生提供可能，那么，谁来给我们提供一担水的意义？黄河流域的掌心里，到底还有多少超越五千年的华夏文明遗存，至少当下无从得知。受认识的局限，我们姑且屈从传统定论，封顶到五千年。也许，我们真的只是领受了黄河文明的一角，置身历经千年风霜的殿堂和古柏，耳闻经久不息的钟声，我们只知道，历史刚刚从史前向殷商走来，从秦汉向唐宋走来，从明清向当下走来。"奔流到海不复回"。黄河似乎时刻在提醒：勿回首，向前走，只要把握好日子，你理想中的前面，就在前面不远的前面，等你。

荀子曰："不积小流，无以成江海。"一条，又一条黄河的支流，跨越时空，奔流不息。每一条支流都是每一担水的合计，都是去黄河那里"赶集"。在黄河沿岸的乡村，你侧耳谛听，一定能听到这样的声音："滴答，滴答，滴答"。那是屋檐水的声音，也是黄河的声音，更是父老乡亲血管里的声音。她最终在华北汇入苍茫的大海，带去的，是这片土地的表情。

少年时代，我曾一度迷恋西方哲学，但有一位外国朋友告诉我："我不敢轻视中国哲学，因为有一条河，它叫黄河，是一首叫哲学的诗。"诗？我的耳畔，顿时响起先秦以来黄河两岸的低吟浅唱："坎坎伐檀兮，置之河之干兮"……"所谓伊人，在水一方"……"劝君更尽一杯酒，西出阳关无故人"……

每一句艺术的经典，都是日子的投影。在我心灵崖畔的视野里，古人和今人的艺术联系、传承、根脉如此的密不可分。那史前人类遗址中陶罐、陶瓶、陶盆上镌刻、描绘的符号，那用简单的线条、笔画对河流、鱼虾、白云、牲畜、狩猎、祭祀的表达，那云冈石窟、龙门石窟、敦煌石窟、麦积山石窟中的雕塑、壁画……那一刀又一刀，一笔又一笔，一画又一画，分明是一支支反复吟咏的民谣，民谣里蓄满了所有关于日子的歌。这些歌，伴随着黄河的涛声，经久不息。当艺术融入人们的日子，那不就是一曲几千年的黄河大合唱吗？

一直在想，在中国，堪与黄河比肩的河流不在少数，可是，每当中华民族处于生死存亡的十字路口，为什么人们首先想到的是黄河？"风在吼，马在叫，黄河在咆哮，河西山冈万丈高，河东河北高粱熟了……"也许，社会学家给出的答案是母亲，哲学家给出的是精神，政治家给出的是人民，美学家给出的是气质，历史学家给出的是传统……一位民间的风水师却这样回答我："风水。"我的理解是，黄河流域的气候、土壤与地貌，体现了农耕文明更多的特征，"河东河北"密不透风的高粱，既给黄河儿女以日子，同时也为黄河儿女抗击外来侵略提供了天然屏障。"黄河在咆哮"，那是对敌人的怒吼，也是对儿女的唤醒。

毋庸讳言，近百年来，中国东南沿海地区创造时代文明的步伐要远远比黄河流域快得多，这得益于现代工业、海洋文明的进步与发展。"源头不会变，风水轮流转"。这不光是一个哲学问题，还是一个历史问题，也是一个生态问题。变与不变之间，人与自然的作用力，可以海枯石烂，也可以沧海桑田。

我们一定不会忘记这样一段歌词："我的故乡并不美，低矮的草房苦涩的井水，一条时常干涸的小河，依恋在小村周围……"我在黄河流域考察农村饮水现状的时候，再次看到了农民肩膀上的一担水，那，还是我小时候见过的清冽的水吗？那分明是稠泥浆。有个不争的事实是：黄河瘦了，近几十年来，曾频频断流。一条条排污管道，像罪恶的大炮一样伸向黄河。

"保卫黄河"。半个世纪前的黄河儿女面对列强发出的呐喊，犹在耳畔，只是，如今黄河的敌人隐藏在哪里呢？要我说，就在我们自己的日子里。信不信，一担水的日子里，什么都看得出来。

三十年前，黄河两岸流行着一首叫《黄河源头》的歌，其中的歌词是：

黄河的源头在哪里？

在牧马汉子的酒壶里。

黄河的源头在哪里？

在擀毡姑娘的歌喉里。

……

多像我的一个梦啊！梦中，我变成了那位牧马的汉子，手里拎着酒壶，沿着黄河行走，马蹄悦耳。不远的擀毡房里，有一位美丽的姑娘，在为我歌唱……

就这样策马而去，不愿醒来。

走进火山群

走进火山群，却疑似漫步绿岛链。我脱口而出："森林障目，不见火山。"当然是对成语"一叶障目，不见森林"的接龙。

绿，像这个时代从天而降的容颜，它不光挑战着我对火山群的判断，而且分明在提醒我：其实，你已经进入大同火山群的核心地带了。一瞬间，我仿佛在懵懂中穿越这样一个现场："轰隆隆——"在一阵紧似一阵的巨大轰鸣声中，三十多个幻灭般的庞大液态火柱挣脱地表，刺破长空，大地剧烈颤抖，苍天遮云蔽日，排山倒海的岩浆烈焰像洪峰一样张开血盆大口，席卷方圆九百平方公里的一切生命，最终在如今的大同盆地和桑干河流域宣示般地隆起了神秘而庄严的金山、黑山、狼窝山、马蹄山、老虎山……

"火山爆发，让所有的绿色都没了啊！"我身边的一位大同人喟叹。

这种喟叹的神奇在于，它不光用绿色代替了所有的生命，而且似乎是，灾难仿佛发生在昨天。昨天是哪一天？是二十四小时前，还是几万年十几万年前？据载，作为中国六大火山群之一的大同火山群，大概从七十四万年前开始，经过三期反复多次喷发，距今四十万年前进入活动高潮，大约在十万年前才渐渐停止喷发。而七十四万年前更为远古的时代到底喷发过多少次，人类的智慧鞭长莫及，因为人类只不过仅仅是人类。脚下，这些被学术界称作火山渣锥、混合火山锥、熔岩锥的生命禁区，古人曾痛心疾呼，兴叹叠加："青山安在？安在青山？"如此喟叹，一今一古，如出一腔，像极了一次洞穿岁月的电话连线。

我必须相信，这绝不仅仅是作为灵长类动物的人对绿色的呼唤。

视野里，除了树，就是像绣花一样小心翼翼栽树的大同人和一脸好奇的观光者。一位正在移栽幼树的农民告诉我："过去，咱这雁北一带山山'和尚头'，处处'鸡爪沟'，栽一棵树比养一个娃还难。"这是大同人的幽默，但我没笑出声来。面对废墟的微笑，一定比废墟更要难看。现场听到一个故事：有位负责林木管护的赵姓老兄，长年累月在艰苦的实验中育苗植树，像大禹治水一样三过家门而不入。有一次，他的一个朋友上坟时不慎引燃了二十五棵羸弱的幼树，他一气之下扣了朋友的车，还罚了款，监督朋友补栽了树苗，一棵，一棵，一棵……如今的火山群早已实现了种种的可能性，不仅披上了三十万亩的绿装，还被国土资源部命名为国家地质公园。有游客感慨："绿水青山，让火山群有了气质和尊严。"

一个比火山群更要古老的事实是：两亿年前的中生代时期，这里还是降雨充沛、江河纵横的热带雨林气候，在如海如瀑、如云似雾的万顷绿色中，各类恐龙以主人翁的姿态，自由、骄傲地繁衍生息了一亿多年。如今，恐龙灭亡的原因早已不是什么迷局，可是，那些神奇的绿色去了哪里？我们叩问大地，可是，大地沉默如大地。要问与沉默对应的词是什么，你会想到爆发吗？

但有一种东西，它是有声音的，这是燃烧的声音，它燃烧时与火山一样通红如霞，有形状，还有温度和光芒。它在如今千万家现代企业的炉膛和老百姓的厨房里安详地燃烧，它的名字叫煤。它由绿色变来，又化作灰烬而去。关于煤的成因，说法很多，其中的一种解释是：古生代、中生代、新生代时期伴随火山爆发造成的地质变化，致使周边植物被颠覆性地深度掩埋，从而演变为煤。我只想说，那些消失殆尽的绿色生命，大多数最终还是以不可再生资源的形式馈赠给了人类，其中的大部分，留给了工业化时代的我们。如若说，火山群是一堆堆生命的灰烬，那么，当所有的煤化为灰烬呢？专家告诉我："对煤炭的掠夺性开采早已让大地和生态不堪重负，大同人正在尝试开发光伏发电资源，但是，煤，依然是人类的重要生命线。"

火山的光焰早已不在，但我们从煤的燃烧中，分明看到了与火山一样的表情和模样。而眼前的火山群，你能认准它到底是生命的乐章？还是墓碑。

一片树叶，在地球上只有一次绿色的机会。那天，我曾小心翼翼地钻进一个深达一百五十米的现代化煤井，轻轻的、轻轻的抚摸原煤的肌肤，一遍又一遍。在一些煤层的剖面，古代植物的叶脉清晰可见，我不认为那是众多绿色的集体死亡，它们更像万古岁月里火山群一样悲壮的睡眠，脉搏跳动，呼吸可闻。煤井只有一百五十米，假如它是无底洞，我情愿走到底。它的出口，永远在地球上。

"咱栽活一棵树，就是给前世还账哩。"说这话的还是那位农民。

已是午后，长空如洗，这是闻名遐迩的"大同蓝"。马蹄山那边的树林里传来著名的山西民歌《圪梁梁》，深情而悠扬：

"对面山的圪梁梁上那是一个谁？

那就是要命的二妹妹……"

我纳闷："火山群里哪有要命的二妹妹呢？"

大同人笑了："多啦。"

"何以见得？"

"一棵，一棵，一棵……"

一块美丽绝伦的火山石就在我脚下，我没好意思带走它。它到底多少年没享受这样的绿了，我不知道。

长城的样子

假如我画出某个耳熟能详的主题，你却辨不出画了什么，那一刻，尴尬的你我该如何各自收场？比如，画面上分明是长城的样子。

我立即会看透你心目中的长城底片，那一定是"修旧如旧"之后重现江湖的完美高大和流光溢彩，这样的惯性思维，岂能容得我画笔下原汁原味、饱经沧桑的容颜——我指山西大同的明长城，它的确是长城的另一种样子，不！长城没有第二种样子，它就是它的样子。作为明代九边重镇，大同雄踞在渤海湾和西域之间，东眺山海关，西望嘉峪关，像一个诚实、坚韧的挑夫，用长达数千里的扁担战略性地挑起朝代更替、御敌守邦的历史辎重和战事循环。我以当代人的角色靠近天镇、阳高、左云一带时，这才发现明长城分明就是一件未曾雕饰、装扮的老物件，除了勉强可辨的各类围堡，多为夯土、砖石的庞大废墟，高高矮矮，凹凹凸凸，或突兀于平川梁峁，或湮没与村舍阡陌，像一截截断裂的马鞭，一个个倒下的勇士，一只只失群的信鸽，而总体观察，像极了一个未经打扫的古战场，刀光剑影的留痕随处可见，流弹箭矢的呼啸似有可闻，千军万马的逐鹿恍若眼前。"这才是长城的样子。"我脱口而出。

陪同的大同人如数家珍："大同明长城总长八百多华里，配以内堡，外墩，烽堠，辙道，全国罕见。"他不无遗憾地喟叹："可惜！更早的赵、秦、汉、北魏、隋、金长城，都已……"但在我看来，大同有了明长城，早先所有长城的投影、气息便都在这里了。我必须相信，当年秦始皇举全国之力修筑长城重器，绝对不是为了打造"工艺品"。他也许想过，长城的终极美丽，就是残缺，甚至消失。但他一定没想到，就在几十年前，中国的热血儿郎们还坚守在长城内外，唱着这样的歌曲："大刀向鬼子们的头上砍去……"

日月映血的长城时代早已遁入不远的昨天，如今以废墟的形式融入大同人常态的日子和炊烟里，呈现出岁月原本的样子。恰是在这种样子里，历史有的基因，长城有；历史有的气息，长城有；历史有的诉说，长城有；历史有的记忆，长城有。而废墟，唯独在这里浴火重生成生命的极致，它生机勃勃，血脉偾张，仪态万方。我像一个天真的孩子，无邪地走进长城的生命谱系，流连忘返于一个个城垛的伤口上、一处处撕裂的土堡里、一片片倒伏的残垣前。那一刻，感觉时间倒流，从今至明，从明至秦，及至更远……

这是长城活着的样子，可它真的不像现代意义的所谓旅游景点。有游客沮丧地说："这是长城吗？感觉白来了啊！"这话，一时让我不知所措。

不知所措，实际上有自我追问意味的：我为什么才来？"天下雄关"嘉峪关在我的老家甘肃，"天下第一关"山海关毗邻我的第二故乡天津，自然都是去过的，我甚至去过长城沿线更多的省市，多是听说那里的长城被修葺一新，于是也难以免俗地成为趋之若鹜的一员。直观印象中同质化、模式化的众多长城，很难辨清跨越时空的历史断章和战争分解，以至于对家门口的八达岭长城，我至今懒得涉足。我在某大学的一次文化讲座中感慨："要让长城活着，必须要留住它伤残、流血乃至死去的样子。"我举了圆明园的例子。大概是几年前吧，京津政协系统搞文化交流，北京某政协的一位委员眉飞色舞地告诉我："我已提交了重建圆明园的提案，让圆明园死而复生。"我笑问之："仁兄到底是要让圆明园死而复生？还是活而复死。"委员初愣，继而顿悟，遂成至交。

大同的长城为吗活着？也许是因为大同大不同之故吧。那天，我先是痛快淋漓地吼了一曲古老的山西民谣："日出而作，日入而息，凿井而饮，耕田而食……"，继而在古堡内打了一趟劈挂拳。同行的《香港商报》记者把我的洋相录了下来，而某著名编辑家则给我封了个壮士的"美誉"。——

壮士，约等于"不到长城非好汉"那种吧。是不是壮士我当然心知肚明，但真正的壮士应该选择什么样子的长城，好像还不光是个审美问题。

只是偶尔打开视频，重温那个手眼身法步早已不如少年的自己，吸引我的依然是大同明长城的悲壮背景。恍惚间，我不知道"壮士"到底是从历史来到当下还是从当下去了历史。这般的判断，没意思也难。

和朋友聊起大同之行，他说："我心中长城的样子，有了。"

一个城市的声音

在我看来，倾听一个城市的声音，莫过于音乐。

久居津门，我常会选择一个月影婆娑的夏夜，在津塔之下的海河边徜徉。那一刻的海河像极了一组蜿蜒的五线谱，涛声如旧，也如新。如果说船只和浪花是音符，大小的码头则是谱号或调号，而被冠以狮子林、大沽、金汤、大光明等名称的几十架桥梁，便是小节线了。至于曲子，到底是中国传统的《高山流水》还是《渔樵问答》？是欧式的交响曲、幻想曲还是小夜曲？你想去吧。不是说所有河流的气息可以和一个城市的呼吸同频共振，但天津却因了这条与渤海、与太平洋经脉相连的古运河，就有了先天的机缘。西方音乐文化早在一百年前就从这里上岸，于是，欧美、东洋的管弦、美声与几千年民族音乐的涓涓细流融为一体，这样，天津的声音不一样了。天津，她成为了天津。

"水面落花慢慢流，

水底鱼儿慢慢游，

燕子你说些什么话？

教我如何不想她……"

这支歌，已流传百年。作词刘半农，作曲天津人赵元任。我尚不知当年刘半农远赴英国伦敦留学时是否从天津港出发，但他于一九二〇年在伦敦创作的这首《教我如何不想她》，被赵元任谱曲后，一时红遍海内外。年少时，我曾用一支短笛吹了一年复一年。那时的我尚在老家的黄土高坡，眺望四方，那个"她"，她是谁？压根儿没想到那是来自天津的声音。前不久，天津音乐学院的朋友告诉我："如果说通过一种声音能够感受一方水土，那么，这种声音，唯有音乐。"一句话，让我轻轻竖起了耳朵，我知道，我在静静地谛听。不是听他，而是听脚下这个曾经是九国租界的北方工业城市。一年四季的风带着声音，从一幢幢德式、法式、奥式、日式小洋楼建筑群和现代摩天大厦之间吹来拂去，声音不光来自劝业场、狗不理包子、老美华等百年传统老字号，也捎带了大工业时代声光电的气息，像极了一段声音的历史，一段历史的声音。

现场聆听一个城市的声音，心，一定比耳朵来得要灵敏些。比如历史街区五大道，那不是五线谱是嘛？你走进去，就是其中的一个音符，或者，一个音节。你在听五大道，五大道在听你，而来自世界各地的游客，在听天津。

音乐专著《津湾之声》的执行主编杨春发老先生给我提到过一个人：沈湘。这位被誉为中国卡鲁索的天津音乐教育家，也是第一位在中南海演唱《黄河颂》的歌唱家，当年英国、芬兰国家电视台为他录制专题片时，片名直接冠以《中国的歌声》，在欧洲人看来，天津人沈湘的声音，就是中国的声音。天津——中国。我不是非得探寻一个地方的声音和这个国家、民族的关系，可来自天津的声音，分明是具有覆盖、辐射、发散意味的。假如我要说曹火星填词作曲的《没有共产党就没有新中国》、王莘填词作曲的《歌唱祖国》仅仅属于天津土著的独家声音，恐怕全国人都饶不了我。天津的声音总是出人意料，同时显得理所当然。被称为"时代歌手"的施光南，出生于重庆，却在天津创作了《打起手鼓唱起歌》《祝酒歌》……几年前的一次全国作代会联欢会上，主办方让我代表天津作家团献唱，我选择了"甘肃花儿"。在后台，蒋大为说："你算咱天津老乡了，咋会唱这个？"我没挑明甘肃籍的身份，是想执拗地表明地域与声音之间的某种关系。我非常清醒，这位旅居北京的歌唱家出生于天津市和平区，同样属于天津籍的，还有这样一串名字：李光曦、于淑珍、关牧村、远征、刘维维、郑绪岚、刘欢……

位于小白楼地区的音乐厅，由西方人建于一九二二年，我在这里感受过德国莱比锡广播交响乐团、哥伦比亚国家爱乐乐团、维也纳管弦乐团的演奏，领略过殷承宗、刘诗昆、盛中国、鲍蕙荞、汤沐海、郎朗的风采。有时，我也会去对岸的天津音乐学院，在李凤云天籁般的古琴演奏中陶醉一场。夕阳西下，津门还有这样一种声音，在白蜡树、梧桐掩映的社区和公园里，老百姓的引吭高歌，与广场舞、甩扑克牌、玩空竹的声音汇在一起，像日子里的另一种烟火。朋友很诗性地说："这是夜的声音，是夜莺的歌唱。"

可是，假如真有人演奏格林卡的钢琴曲《夜莺》，听众一定会剩下可怜的极少数，有人把此现象归结为高雅与大众的迥异，也有人认为是城市的人文营养没跟上。

"一个城市忽略自己的声音，便是看轻了尊严。"一位旅居海外的天津音乐人告诉我，"在这个时代，发声，太需要城市的丹田之气了。"

天津的丹田，当然在天津的肚子里。"海阔凭鱼跃，天高任鸟飞"。 天津的很多土著音乐人才，也多把人生的舞台选在了他乡，可它直接影响着天津的气息，气息决定发声，比如天津的节拍强弱，调号升降。有一种现象非常微妙，原来的京津沪，现在叫成了北上广，或叫北上广深。无论增删，天津均未挨边儿。都说呢，人家字面儿上没改成京穗沪深，主要还是考虑到天津的面子。对这一世纪奇观，主流媒体和民间的认可度难得的一致，也没听说有天津人凛然站起来发声。假如真的发声了，会被外埠人认作是城市的丹田之气吗？

鸟要飞，鱼要跃。怎样的天才高，怎样的海才阔。这不光是音乐的期许，期许一个城市的声音，一如倾听我们自己。

一个城市的底气

山要凛，川要平，水要流，全因了底气使然。

这使我想到一个城市的底气。中国大小城市万千，伴随着斗转星移中的社会变革，可谓"城头变幻大王旗"，一些古老的城市销声匿迹，底气顿失；一些新兴的城市破壳而出，底气渐生。何也？并不遥远的记忆中，西部老家曾盛行这样一种年画，其构思旖旎可爱，线条柔媚飘逸，色泽氤氲盎然，主题多为五子夺莲、福寿平安、庆赏元宵、文姬归汉诸等，极富江南水乡的民间、民风意趣，它就是杨柳青年画。少小的我居然没意识到这种杨柳依依的传统文化会来自北方的一座城市：天津。以致于后来定居津门，我在海河边徜徉的步履竟有些恍惚，这座日渐时尚的城市除了杨柳青年画，还留存、延续、传承着这样一些南北并蓄的传统文化信息：泥人张、风筝魏、砖刻刘、烙画葫芦、剪纸、灯笼、绒绢花、手工地毯……

"这都是咱天津的底气，是用水做的。"一位民间工艺大师告诉我。

我初时无解，复又解之。北方本缺水乡，可天津的当年却不似水乡胜似水乡，它曾被誉为七十二沽的，那蝶衣羽片一样密密麻麻点缀在天津肌体上的河流、湖泊、池塘，一定不曾离开老天津卫的记忆。沽，古指水名，即今河北省的白河，七十二沽是吗概念？城在水中，水在城中。纵是意大利的水城威尼斯和中国的枫桥江南，岂能与津沽比肩？天津前辈作家刘云若把天津城比作扬州，故而有了绝世名著《小扬州志》，夸尽了天津既别于北方，又异于南国的异质风情。今番重读，恍如隔世。前些日子，有位祖籍天津的台湾老者与我晤面，老先生捋须发问："假如七十二沽尚存，你会续写《大扬州志》吗？"这个命题，让我避之不及，不知如何是好。

那个安详的夏日，我陪老先生在古文化街、鼓楼一带漫步，先生亲自掏钱购买了两样东西：杨柳青年画和泥人张彩塑。他说："天津的底气，在这里。"抬眼望，牌楼上方书有四个字：津门故里。

说起来，老家甘陕一带好歹算是中华民族的重要发祥地，那种史前文明的强劲遗风和众多秦砖汉瓦唐槐宋瓷的遗存，上溯可达八千年，一度让西部人在传统文化层面的底气盆满钵满。相比而言，天津只有区区六百年的建城史。杨柳青年画起步于明代崇祯年间，满打满算四百年，却与苏州的桃花坞年画并称"南桃北柳"，而桃花坞年画早在宋代就有了。泥人张彩塑在天津的出现，才是晚清道光年间的事。魏记风筝的历史更短，也就一百多年。而这其中的不少民间工艺，多在一九一五年前后在巴拿马国际博览会上频频夺得金奖。也就是说，它的孕育、绽放与辉煌，几乎是同期实现的。这一现象，让世界目瞪口呆。

天津真的是个异数。"一座天津城，半部近代史。"百年前的天津像极了飓风狂澜中的一叶孤舟，可聪明的天津民间艺人愣是在洋务运动、戊戌变法、义和团运动、八国联军入侵的枪炮、硝烟、夹缝中，在三岔河口装卸码头的号子声中，在九国租界街头巷尾的法国梧桐树影里，在七十二沽的莲藕芦花深处，巧承北国气脉，博纳江南遗韵，积蓄了完全属于天津的民间工艺底气，并做到了后来居上，席卷全国。其中的秘籍，到底是因为包容还是能耐？是因为隐忍还是情怀？我没见过这方面的研究。我只知道，那时七十二沽尚在，而辽阔的渤海湾，海纳百川。近代史上的万千先觉者，从这里登船离岸远赴西方；而西方的许多现代文明，从这里尝试与中国牵手。

大概十年前吧，我应邀参加天津市印纽专业委员会成立大会，现场云集民间工艺界人士五十多人，其中不乏"国际民间工艺美术大师""国际民间工艺美术家""中国民间文艺山花奖·民间工艺奖""中国民间文化杰出传承人"等荣誉获得者。大家建言献策，激情满怀。其心之诚，情之深，意之切，让我为之动容。可某位工艺师却告诉我："如今的参与者，不及当年之万一。"我暗自一惊。这是不是意味着天津的民间工艺制作由大众变小众了呢？那么，空前火爆的民间工艺品市场又从何而来？

　　"现代人假如不是为了消费底气，这些东西还会存在吗？"一位篆刻专家告诉我。在他看来，城市和人一样，是有脚的，都在岁月里行走。提升底气和消费底气不是一码事儿。提升底气，你可以继续走，而且越走越稳，而消费底气，你完全可以不走，也可以原地踏步。在文化多元的新媒体时代，一个城市的底气需要时时刻刻活络化瘀，滋补经血，探索路径，而不是光为了用来消费、追忆和纳凉。而今更多购买天津民间工艺品的旅人，多是为了证明曾经来过。我恍然想起，曾几何时，西部老家的厅堂里，早已难觅天津民间工艺品的踪迹，不是没有，而是当作旅游纪念品束之高阁。更为幽默的是，即便走过天津本地的城区和乡村，除了民间工艺品市场，"民间"何在？像极了七十二沽的宿命，在推土机亢奋的喘息中，转眼间变成高楼大厦，变成"多少钱一平方米？"

　　那天在津湾遛早，意外发现有位民间工艺师在展示他制作的风筝，其中有两个主题吸引了我的眼球：彩绘的海鸥牌手表和飞鸽牌自行车。"这两种研制自二十世纪五十年代的工业品，曾被誉为中国的'第一表'和'第一车'，曾让咱天津卫底气十足，可如今……我想让它飞起来。"这话，让我好生感动一番。无论呈现与凋零在哪里——梦，却在民间。

　　我负责主编的《民间花香》是一部关于天津民间工艺的专著，很多专家为此下了死功夫。一位专家对我说："只为雨后春笋，不为红消香断。"

　　不由想起那天的风筝，在津湾。

回望韩城

站在韩城县党家村高高的崖畔上，我吼了一句戏词："祖籍陕西韩城县，杏花村中有家园……"

同行的文坛名宿蒋子龙曰："如果我没猜错，你吼的是秦腔吧。"我身居天津，实则甘肃天水人氏，自幼熏陶于秦腔的生旦净丑、吹拉弹唱之中。"祖籍陕西韩城县"像秦腔剧《三滴血》中的一个地域符号，让我打小晓得人间除了天水，千里之外还有一个地方，它叫韩城。明知是戏，可陕、甘、宁、青、新一带的男女老少张嘴一吼，休想绕开祖籍与韩城的关系，戏里戏外，怎一个韩城了得！视野里的党家村，被誉为"东方人类居住村寨的活化石"，在东西走向的葫芦状山谷里，这个始建于元代的村落，村东北有寨堡，村东南有文星阁，村中有看家楼。村寨相融，你中有我，我中有你。一百多个鳞次栉比的四合院错落有致，二十多条青石铺就的古巷道四通八达。村里有祠堂、私塾、节孝碑、神庙、石雕、老树、池塘、石碾、旧磨、古井、暗道、哨门、火药库……小小的党家村，仅明清两代就走出近五十名进士、举人和秀才。这岂止是一个历史家园的精神样貌，分明是一个古老国家的缩影。

当你从一个小村辨出家国的意味，你说你的祖籍到底在哪里？

据说，如党家村般意味深长的老村，在韩城不止一个，在陕西不止一双，那么在全国呢？多和少，其实是一个相对的概念，这个概念其实已经很悲催很悲壮很悲情了。同行的一位建筑学家告诉我，半个世纪前，形如党家村这般富含民族文化元素、彰显传统审美特质、承接丰厚历史信息的村落，遍布大江南北，可谓星罗棋布，千姿百态，应有尽有。它们像风一样的消逝，仅仅是近几十年的事儿。如今的大多数新村尽管看起来赏心悦目，充满时代气息，但在表现形式上千篇一律，在精神、审美层面与历史、岁月貌合神离，以至于我们很容易健忘一个与前世今生有关的词：祖籍。

当祖籍像一个传说，或者，当韩城让你想到祖籍，你到底该喜？还是该悲。

那个午后，来自全国各地的"秦岭—黄河对话"采风团成员集体乘车前往位于芝川镇韩奕坡的司马迁祠。途经一条古驿道，我突然被窗外远方天际线位置的一幅奇观吸引：一条开阔、雄浑、高远、绵长、巨大的银色状物，在一片片灰白相间的云朵之上，由北向南，放射着无比耀眼的光芒，它既像阳光下倒立的冰川，又像无垠的海市蜃楼；既像凭空舞动的白练，又像万古一色的银河。我好歹也是一路走过来的人，这种苍天之上的奇妙现象，尚属首见。老作家从维熙看出了我的诧异，说："黄河，你也不认得？"我大吃一惊，作为一个在黄河的最大支流——渭河边长大的黄河娃，作为一个曾经沿着黄河行走研究过"水文化"的所谓作家，我不禁哑然失笑。我想到了一句诗和一句唱词，前者是李白的"黄河之水天上来"，后者是王之涣的"黄河远上白云间"。有趣的是，李白祖籍甘肃天水，而王之涣也是盛唐时期为甘肃凉州而填的唱词。那一刻的黄河神奇如天外来客，它在为我提示什么呢？我想到了两个字：家园。无论你祖籍在哪里？韩城以黄河的名义告诉你：天上人间。

"自古甘陕是一家"。那是因为秦文化在天水发酵，在关中壮大，及至影响了整个华夏文明的谱系和颜色。你可以不承认你是秦人的后裔，但翘首西北，你不可能不想到你的来路，那条路，通往祖上。曾几何时，我不是太理解欧美、南洋一带华人聚居区仿制秦砖汉瓦、唐街宋祠、明碗清服的执着与热情，至今想起，回望韩城的山和水，云和月，不觉内心怆然，无以言表。

在司马迁祠，所有的文化人脱帽，弯腰，那深深的一躬，至诚至恳，实实在在，像膜拜家族谱系中一位高贵的先人。

"史家之绝唱，无韵之离骚。"这是一代文宗鲁迅对这位韩城人笔下《史记》的定义。在凭吊现场，香港凤凰卫视的一位主持人说："天下文人，认祖归宗。"祖与宗，让我想到了中国文人的精神祖籍。那一刻，司马迁的塑像庄严而安详，他仿佛在东瞰万古黄河水，西眺绝顶昆仑山，南望长江东逝去，北察戈壁大漠烟。假如司马迁突然开口说话，他会说什么呢？我竟像编剧一样替司马迁想出了一句话："汝等笔下，所著何哉？"

谁能回答得了？当然，这定然与你是否祖籍韩城无关，可我再次吼起"祖籍陕西韩城县"的时候，已是别有一番滋味在心头。

渭河是一碗汤

当我相信它是一碗汤时，我已离开了它，却从此有了故乡。

"他要了五分钱的一碗汤面，喝了两碗面汤，吃了他妈给他烙的馍。"这是初中时从课文《梁生宝买稻种》里读到的一段话，一种感同身受的强大气息吸附了我，但随之而来的文字仿佛又把我推开："渭河春汛的鸣哨声，在人们不知不觉中，增高起来了。"罢了！活该自作多情，像这种与河流有关的信息，怎会与我有关呢？儿时远离河流的干旱之苦，让我对形同传说的河流天生敏感。第一次知晓，传说中的渭河，原来真是在人间的。

始知渭河，源自少时读《山海经》："夸父与日逐走，入日，渴，欲得饮。饮于河、渭，河、渭不足，北饮大泽。"河，指黄河；渭，指渭河。渭河居然与黄河齐名，该有多长，有多大啊！

我忍不住向一位学长求证："渭河，离我们这里远吗？"

"远着哩，真正的渭河在陕西，那是大地方，能不远嘛。外边很大，咱这里很小。"

"那……陕西在哪里？"

"没去过。"学长反问，"你以为课本里的渭河就是咱这里的渭河啊？"

逻辑似乎是：陕西、甘肃各有一条渭河，两者本不相干。尽管这样的答疑明显带有对我的不屑，却让我意外获知，甘肃原来也是有渭河的，这让我宿命地感到自己作为甘肃人的局限和迟到。后来在天水读师范，得悉不少甘谷、武山、北道的同学家在渭河之畔，这让我好奇得不行。陕西的渭河无缘一见，"家门口"的渭河无论如何要一睹真容的，不为梁生宝，为自己。一九八七年，我和甘谷同学李文灏相约去十几公里外的北道看新落成的渭河大桥，我没有告诉他我内心的秘密：我的目标不是桥，是一条河：渭河。

"家门口"的渭河果然很大，比故乡山脚下的藉河大多了。我问李文灏："这条河流向哪里？"

"大海。"

这样苍白的答案，他也说得出口。百川归大海，海再大，岂能大过期待与内心？

"我指的是下一站。"

人间就一条渭河，它的根系，它的枝干之始，它的血脉之源，不仅在甘肃，就连发源地也在天水眼皮子底下的渭源县，渭源渭源，可不就是渭河的源头嘛！而我们村子距离渭河的直线距离，不到二十公里。当再次重温渭河两岸有关伏羲女娲、轩辕神农、秦皇汉武的种种传说、典故、民谣时，渭河突然变得更加陌生了，就像失散多年的爷俩突然路遇，更多的是惶恐和局促。原来世界并不大，别人拥有的太阳，也在我们东边的山头升起，别人拥有的月亮，也照样在我们树梢挂着。

仿佛一觉醒来，我在渭河的远与近、大与小和它与生俱来的神秘里流连忘返。难道渭河刚刚从渭源鸟鼠山奔涌而出，就是这等八百一十八公里的长度、十三万多平方公里的流域面积，并横穿八百里秦川从潼关扑入黄河吗？非也！五百万年前，如今的渭河流经之地，居然是黄河古道，黄河从兰州向东，经鸟鼠山继而东行。从新生代开始，造山运动让秦岭抬升为陇中屏障，迫使黄河一个华丽转身蜿蜒北上，经贺兰山、阴山由晋北顺桑干河入大海。再后来，由于内蒙古乌兰察布地区隆起，黄河转而南下直奔潼关。一位地理学家告诉我，黄河、长江的源头拥有很多天然内流湖泊和高原冰川，万千支流多有涵养水源。而渭河不是，作为黄河最大的支流，它的源头恰恰在"定西苦甲天下"的西部最干旱地区，它一路走来，途经甘、宁、陕三省的八十多个干旱区县，拾荒似的玩命汇集从沟壑崖畔之下眼泪一样的一百一十多条支流，而这些支流大都不是地下水，而是从天而降的星星点点的雨水，他们伴随着季节而来，伴随着闪电与雷声而来，伴随着大地的渴望与喘息而来……

我信了这句老话：所谓"黄河之水天上来"，实质上是"渭河之水天上来"。

沧海桑田，没人知道黄河到底改道多少次，但渭河始终伴它风雨同舟，一往情深，像搭在黄河肩头的一袋面。

"其实，渭河就是一碗汤，喝上，啥都有了；喝不上，啥都没了。"

关中农民的这句话，似曾相识，我又一次想到了梁生宝。

一条河，一碗汤，真的不用过多解释其中的含义，看看农耕以来渭河流域的灌溉情况，至少一半的答案在这里了。汉武帝时期修建的龙首渠，从地下贯通如今的澄城和大荔，使四万余公顷的盐碱地得到灌溉，年产量增加十倍以上，被誉为中国历史上的第一条地下渠，成为世界水利史上的首创。而截至二十世纪末，关中地区类似性质的灌溉工程，万亩以上的灌区近一百一十个，自西向东基本连成了一片。皇天后土，有一口水，就有一株苗，就有一缕炊烟，就有一碗汤，就有生生不息的生命的指望。

有生命，就有创造。在甘肃的渭源、陇西、武山、甘谷、天水一带，到处都是马家窑文化、齐家文化、仰韶文化遗址；在陕西的宝鸡、咸阳、西安、渭南、潼关一带，半坡遗址、炎帝陵、黄帝陵、秦陵、乾陵、秦始皇兵马俑星罗棋布……渭河给我们提供的强大信息量到底被我们捕捉、寻找、获知、理解了多少？它像谜一样在着，也像谜一样不在。那样的年代，我不在，我爷爷也不在，但我爷爷的先祖爷爷一定在的。还能说啥呢，那些河流的子孙，一代代地没了，走了，先是一抔黄土，再后来，了无踪迹，就像这世间他们根本没来过，也没留下任何的蛛丝马迹——我好想说错了，他们留下了我，我们。

渭河流到如今，早已瘦了，皮包骨的样子，到底相当于过往的几分之几和几十分之几，我没了解过。当风光一时的"八水绕长安"的曼妙景致只能在梦中去感受时，当"宋代从岐陇以西的渭河上游采伐和贩运的木材，联成木筏，浮渭而下"的壮观只能从史料中寻觅时，现实的渭河，会让你肝肠寸断。

"渭河干了，咱就没汤喝了。"一位陕西农民告诉我。

这些年，一个汉字紧紧攥紧了我这颗单薄的心，这个字叫"济"。"引滦济津"是因为天津没水了；"引黄济津"是因为滦河没水了；"引长济黄"

是因为黄河没水了，"引汉济渭""引洮济渭"是因为渭河没水了……我去过被认为是史无前例的"引汉济渭"工程现场，高超的现代工业技术把莽莽秦岭山脉从根部洞穿并延伸九十八公里，然后利用二百公里的管网，把长江的最大支流——汉江水一分为二引入关中平原，汇入渭河……应约撰文，我迟难下笔，后来想到的标题竟是两个字：血管。

血，与其说受之于父母，不如说，受之于一碗汤。

大地苍茫，耳边仿佛传来故乡的声音："娃，喝汤来——"

乌兰察那个布

曾迎面撞上过一个话题："叔叔，您知道一种叫乌兰察的布吗？"这是邻里小女孩的好奇。我倏然一愣，乖乖回应："不知道。"

直至后来到了乌兰察布，我似乎仍然没明白这就是传说中的那块布。多年来，我曾一度埋汰过对我的故乡甘肃认识不足的远道客人，似乎偌大的甘肃除了千里河西走廊的漫漫黄沙和陇东高原的千层黄土，全然不知秦岭一带的天水、陇南本是珠垒玉砌的。而今我换作乌兰察布的客人，竟也自陷其辙，生生地，错把乌兰察布当作一片荒丘枯漠了。小车经过冀北层层叠叠的沟壑、丘陵之后，突然仿佛就不是车了，是船，它像船一样划入的这片塞上绿色汪洋，便是乌兰察布。我获知了这样的比喻：建在玄武岩上的园林。

我登时哑然。我首先需要解决的困惑是：既然这个城市的绿与周边的绿连成了一片大布，那么，这布的边边角角在哪里？因为再继续朝四周辐射，便是她怀抱里的杜尔伯特、辉腾锡勒、乌兰哈达三大草原了。关于草原之美，历代文人墨客佳句如潮，轮不到我画蛇添足。可让我意外的是，杜尔伯特草原是中国"神舟"系列飞船的回归地，辉腾锡勒草原是世界上保存最完好的高山草甸草原，乌兰哈达草原是国内著名的火山草原。作为一个对草原有着特殊情结的人，我不知道世界上还有哪座城市同时拥有这么多的草原，而且被历史和时代注入了如此丰富的人文元素。有趣的是，"神舟"从我老家甘肃酒泉升空，从内蒙古乌兰察布降落，这让我的造访，便有了冥冥中循迹觅踪的意味。那一刻，我真不知道乌兰察布在我眼里到底是熟悉了，还是陌生了？主人王玉水问我："作家老弟，你在想啥？"

我说："一块布。"

"布？"

"是，乌兰察布。"

他愣了一下，继而心照不宣地乐了。"那，你怎样看待这里的绿？"

这是一个容易上当的问题，只有傻子才会脱口"沙漠绿洲"四个字，可要是说成"草原绿洲"，岂不有合并同类项之嫌？我只好把深沉装到底："这布，怎么就叫乌兰察布呢？"

马，定要骑一回的。打马辉腾锡勒草原的时候，我遇到一位中年牧人，牧人手里并没有羊鞭，而是一把马头琴，他悠闲地把身子斜倚在一段古城墙的残垣断壁上。琴声浑厚而悠扬。洁白的羊群在阳光下徜徉，像点缀在画布上的云朵。在这前不着村、后不着店的阴山一隅，我问他："你家离这里远吗？"

"也就五十公里吧。"他的回答轻描淡写。

五十公里，如果使用现代交通工具，也就几支烟工夫，可对一个牧人……牧人一眼看穿我的心思，开口道："你以为我是苏武牧羊啊？！"我这才知晓。牧人家住乌兰察布市，拥有花园洋房，提前办了退休，如今把放牧当成人生一大快事。他的羊舍在草原。羊舍前，停着一辆漂亮的小车。

我想到了时下公园里安静如石头般的垂钓者——垂钓和放牧，二者之间异曲同工的妙处，谁能解得？而我，却不小心变成了这片土地的考生。一块布，在考一位裁缝。也许与出生在羲皇故里有关，我对这里的史前文化遗存有着天生的敏感，比如，沉睡了近万年的旧石器打造场、星罗棋布的古人类洞穴遗址以及神奇的岩画、不同时代的长城遗址。在与岱海毗邻的一处古文化遗址，王玉水时不时捡起一块块破碎的陶片："看看，你说说是五千年？还是六千年？"

所幸，喧嚣的时代未能腾出手以大开发的名义叨扰到这些历史遗存。多数遗址除了简单、粗糙的标识，仍保持着原始的形态，给人非常通彻的现场感。我不好判断眼前的史前文明与甘肃的大地湾文化之间是否有某种必然的联系，可是很快，一个实在太熟悉的文化符号，一瞬间击中了我，它其实是一个人：李广。

一位蒙古族人告诉我："李广，是我们这里的保护神。"

又是来自甘肃的信息。汉文景时，曾担任过陇西、北地、代郡、云中、右北平等军事要塞太守的甘肃天水人李广被封为雁门将军，多次屯兵乌兰察布，把匈奴驱逐到大漠以北。可到了王莽时代，匈奴最终还是沦陷了乌兰察布，而那时的李广早已含恨自杀多年，魂归故里。此刻，远处的蒙古包里传来了马头琴的声音，这样的琴声分明是饱含某种信息的。一股强大的气流突然从我胸中喷涌而出，那是只有甘肃人才有的冲动，是吼，我吼出的是秦腔：

"我叫叫一声飞将军……"

马头琴和秦腔肯定是不对称的，可恰恰在这样的不对称里，我像站在大布中央的银针，有了飞针走线的欲望，是缝领子？还是接袖口，反而不由我了。

山下，各种各样的洋芋花儿旺极了。我说："甘肃有个定西地区，那里被誉为马铃薯之乡。"可王玉水笑了。这是乌兰察布式的笑，像隐藏在布匹上的一道涟漪。我这才注意到，高速公路一侧矗立着一个大型广告牌，上书：中国薯都。老王告诉我，乌兰察布、定西和威宁为了争"马铃薯之都"，曾在中国食品行业上演了一场硝烟弥漫的"三国演义"。

我开怀大笑。没人知道我的笑声里有替定西抱不平的意味，可脚下这五万四千平方公里的大地太容易让我想到故乡，但的确又不是故乡，他和我记忆中的粗布、棉布、绸布不一样，人家叫乌兰察布。

一次宿命的行走

　　我穿行在荒山枯岭之中，却恰似一叶小舟，独行水上。

　　水在哪里？抬望眼，到处都是旱地儿。安全的行走，却在考察中国农村饮水的安全与不安全。——水，生命之源，它是在呼唤我吗？

　　我宁可相信，给我安排这样一次行走的，是水，更是命运。二者必然是兼而有之的。水既然能成为生命之源，必然与命运有关。我的行走，由北国到江南，由内地到边陲，因水而来，为水而去。中国农民与安全的饮用水之间，撼动我的，是缺一口水而遭遇的死亡、流血以及满脸泥石流一样的眼泪；是得到一口水的欣慰、亢奋以及苦菜花一样的笑容。苦菜花也是花儿，笑了，就好！

　　人类最安全的表情，是笑容，那是因为安全的水在笑容里行走，并把安全的生命表征写在脸上。水如果不安全，还没笑呢，表情早就因饮水危机而坍塌，满脸废墟，是僵尸上大地龟裂、江河断流的五官七窍。

　　我习惯了欣赏、珍惜一滴水的晶莹，那是因为上苍首先给我生命开始的那一刻就安排了缺水。我生活的城市天津和我的故乡天水，两个地名的表层意思在于：水之上，都是天；天之下，都是水。有趣的是，地名文化的涵养层与现实的水资源如此的大相径庭，构成了精神链条上的文化幽默：一个拥有九河下梢的美誉，却晾晒在渤海湾一望无际的盐碱地上，饮用水极度匮乏，城乡供水主要依赖庞大浩繁的引水工程从几百里、几千里外的滦河、黄河与长江获得；一个拥有天河注水的传说，却被挟裹在黄土高坡与秦岭山地的夹缝里，淡水资源年年告急，山区农村饮水主要依靠雨水集流而成的水窖。故乡的西汉水流域，曾经是诞生过《诗经》之《秦风》的地方，"蒹葭苍苍，白露为霜；所谓伊人，在水一方"。那些像芦苇荡边蝴蝶一样飞舞的文字，曾经迷倒过多少懂水、懂爱、懂日子的芸芸众生。而今，水，像一个从岁月里渐渐变瘦、变缥缈的没有安全感的弱势群体，让生活其中的我，真正体味到渴望两个字的渊源和含义。渴望一词，显然诞生于人类寻觅安全饮用水的一次次行走。天津、天水这样的地名，本身就是一种精神触角的寻找与行走，一种情感翅翼的希冀与力量，其中所有的引申义，都是为了一种目标和梦想的抵达。生活在渴望中是幸运的，扑面而来的，最是日子的滋味儿。

所以，我为生活在这样的家园感到荣幸，行走，并始终渴望。

月高星稀之夜，村口旱井边排队曳水的村民像上缴皇粮时挨成一溜儿的麻袋儿，高高矮矮，与夜和时间一起相守、胶着，其中有不少是年迈的母亲和撇着嘴的小娃娃。这是我儿时记忆里一成不变的定格画面。那样的夜，漫长，执着，悲壮，躁动。疏忽间划过天际的一颗颗流星，像惨白的巨大刷子一样把山野闪得通亮，瞬时又把一张张因期待而呆滞的脸拽入更为深重的、不安全的暗夜。探入几十米深井的，不是桶，而是链接在绳子一端的十几个小铁罐儿，"叮叮当当"地下去，直奔大地坚硬的心脏，每个小铁罐儿里哪怕勾曳进一滴水，拎出井口，就能照见月亮含蓄的脸。鸡叫三遍，挑一担泥水回家，一天的日子就像晒蔫了的秧苗，惺忪地舒展开来，舒展在炊烟里，也舒展在心上。

"叮叮当当"。这样的声音在我记忆里原地踏步了三十多年，像干涸的深井里一串串永远也无法安全的生命符号。

当有那么一日，我突然发现全国各地的文化艺术机构通过我的《皇粮钟》《碎裂在2005年的瓦片》《硌牙的沙子》《杀威棒》等小说改编而成的话剧、影视、戏曲里呈现了那么多干旱、缺水、枯井等艺术元素时，我才顿悟，早在十几年前，写水，就已经成为我的自觉或不自觉、意识或下意识，我和我笔下的乡村土地、乡村人物、乡村故事所构成的各种错综复杂的关系，归根到底，竟然是我与水的关系。"从秦岭的小说里可以找到农民"。这曾是专家给我的小说所赐的定义，我此刻在想，所谓"找到农民"，大概首先是上苍给我提供了中国饮水民生的现实背景。让我行走，是为了让这个背景在我的视野里更辽阔，更博大，更清晰，更透明。我步履匆匆，我无法矜持，每一个脚印都竖起耳朵，在谛听和判断，何处？人畜焦渴；何处？饮水安全。

一个国家，一个民族，在经济全球化的时代仍然喝不上水，是可悲的，也是可怕的。凡是真正懂得中国农村现实的观察家，一定懂得中国最根本的民生，其实就是锅碗瓢盆里的那一口水。十几年前，中国有八亿多农民存在饮水不安全问题，到了二○○五年，这个数据变成了三点二亿。三点二亿不是个小数目，它足以构成一个国家的危机之最。当饮水危机成为一个国家的第一危机，民族复兴与未来的蓝图，只能绘制在干涸的河床上。

这是个沉重的话题，重到什么程度？从大禹治水时代直至二○○五年共和国实施的农村饮水安全工程中全国各地用于修建水渠、水库、水柜、水窖、水池所需的所有石料、土方、钢筋、水泥、管材重量的总和有多重，这个话题就有多重。

扪心自问，我笔下怎堪负荷如此之重或重之一分子？当水利部的同志通过中国作协找到我，并委派我在全国范围偏远地区的乡村做一番行走时，我曾三次坚辞不受。当干旱留给我的焦渴在内心板结成痂，这种久远的痛感只适合于我在小说里发酵我万能的虚构和无穷的想象，如若让我用纪实的目光重新与中国乡村亿万双干涸的目光对接，并在他们生活的旱井里打捞心灵的潮湿与精神的水滴，我没有那个勇气，不是悲悯情怀与责任良心不达标，是我太过于清醒水对中国农民心灵的伤害，太过于敬畏中国农民对水刀子般尖锐、神性般祈护的情愫了。水利部的同志说："希望您不要推辞，我们在您的小说里读到了您对水的理解，水是中国最大的民生，还有什么样的农村现实比农民的饮用水更像现实呢？"

写作者面对这样的理由，谋求退路无疑是可悲的。在二○一二年五月中国作家"行走长江看水利"的启动仪式之后，我开始了单枪匹马的行走，目标是中国农村饮水安全现状以及饮水安全解决中、解决后中国农民物质和精神层面的脉动和样貌。重庆、贵州、广西、云南、陕西、宁夏、甘肃……最终落脚天水。七月中旬，当我在天水的一家宾馆梳理一路走来的所见所闻时，我感慨、回味、沉思、亢奋，脑子里像瀑布一样倾泻的，是中国农村饮水安全背景下农民的苦与乐、悲与欢；是农民挑水路上无助的眼神；是农民喝上安全饮用水的第一次深呼吸。这里是羲皇故里，天水大地湾文化呼应着史前文明的种种可能。记得与水利部的一位同志对话时，我们不约而同地谈到出土自大地湾的七千年前的尖底儿陶瓶——母系氏族的先民们用它盛满水，再稳稳当当地插在土地上——安全使用。今番的中国农村饮水安全工程，我不好妄言与先人的饮水思想是否一脉相承，但作为一种安全信息的遥相呼应，至少在理念上是成立的。似乎是，饮水安全，正从史前文明中走来，又从二十一世纪的现实中出发。

这使我想到了由八卦衍生而来的词：天一生水。当年人祖伏羲在这片古老的土地上演绎八卦的时候，早就启肇黎民：水的未来，就是我们人类的未来。这样一个悲悯的话题，不久前变为我在天津市青年作家读书班的讲座主题，我说，身处大都市的你与我，每当优雅而随性地拧开水龙头的时候，一定要带着我们内心的悲悯。我们得相信水给予了我们什么，相信水和相信祖先是一个道理。相信祖先，就有理由相信人类为了饮水安全所付出的一切，那里的每一滴水，像我们血管里的每一滴血，有晶莹，有分量，有温度。

从北京出发前，一位德高望重的文学评论家告诉我："不仅仅是你需要这样的行走，而是你的作品更需要这样的行走。"

"秦作家，我们希望文学里有水，那是我们庄稼人的命。"在陕北，一位农民说。

对此，我无论怎样回应，都会像旱井一样空洞，只有和盘托出行走记录，那里有一串串脚印。

旗袍

如若说，旗袍是女人的梦，那么，旗袍是男人的什么？

邂逅旗袍，竟是在西部老家。少年时偷攀一位亲戚家堆放杂物的阁楼，在诸多劫后余生的尘封藏书中，一册与"破四旧"时代大相径庭的民国老照片扑入眼帘，照片上的女子面如满月，高髻如云，身着短袖凤仙领大红丝绸装，如意斜襟，袢条盘扣，高开叉，胸前是中国传统水墨画描绘的花卉图案……难以回味我当时的惊愕。早先的女人，原来是可以这样惊艳的。当时并不知道，这件让女性真正成为女人的衣裳，有一个陌生而温情的名字——旗袍。

分明是岁月阴霾中的惊鸿一瞥，让我身在人间，却不知今夕何夕。亲戚家在民国初年，尚属书香门庭。那个遥远年代的文化传统与时代的交锋，被一件旗袍折射得今昔错位，大美阻隔。读初中时，港台影视、歌曲呼应着上世纪三十年代老电影《马路天使》的所谓"靡靡之音"，以流行和穿越的力量，再次把一颗少年的心撩拨得一塌糊涂。"天涯呀海角／觅呀觅知音……"我首先记住了演唱者的旗袍，然后才记住了那位叫周璇的女人。终于有机会明白，在旧照片般泛黄的岁月里，那样的女人在遥远的上海滩曾经百花争艳，比如周璇、宋美龄、阮玲玉、林徽因、张爱玲……在历史的斗转星移和世事轮回中，旗袍原来犹如出墙的红杏，一度在东南亚和港澳台的大观园里常开不败，比如邓丽君，比如夏梦，比如张曼玉，比如……

我那时就想，旗袍——她若不是我在天涯海角觅得的知音，我何曾能够在这高山隔音、流水断梦的尘世，伯牙子期般的相遇。我认准了，大凡丝滑如水、温润如玉的绫罗绸缎，一定是为旗袍而生、为女人而存、为美丽而死的。旗袍一定懂得，她在一个少年的内心，正在情深深地生根，意绵绵地发芽，雨蒙蒙地开花。

　　少年时的屋檐下，一个小雨淅淅沥沥的午后，小花狗半醒半眠。我听见女孩子们聊旗袍："旗袍，有圆襟、直襟、方襟、琵琶襟……"

　　复古的时尚忽如一夜春风来，千树万树梨花开。某个太阳雨的时节，小城的青石小径上，常常有穿着旗袍的女人，右手搭一把油纸伞，左手拎一绣包，款款而行，亭亭而立。举手投足间，美目顾盼时，仿佛是一种对接，对接这片古老大地上曾经的"蒹葭苍苍，白露为霜"；仿佛是一次牵手，牵手那曾经的"所谓伊人，在水一方"。旗袍，由此让越来越多的女子变成了典雅高贵、风情万种的女人。那一刻，旗袍是女人的明眸，女人是旗袍的皓齿；旗袍是女人的肌肤，女人是旗袍的内心。据说旗袍是分京派和海派的，而代表江南的海派尤甚，我恍惚自问，这是江南吗？尽管故乡曾被称作陇上江南的，明知这是自勉自慰，却放飞了我无尽的遐想，真正的江南，该当是怎样一件精美绝伦的旗袍呀。

　　那个小雨初霁的季节，我在巴黎、柏林、布鲁塞尔的街头看到了许多身穿旗袍的倩影，既有亚洲女子，也有欧洲女子；既有耄耋之年的老妇，也有蓓蕾初绽的姑娘。我恍惚自问，这是故乡，还是异乡？这是中国的表情，还是世界的容颜？

　　没人猜得透我对旗袍前世的追索和今生的眷恋，一如对美的追问。有人说，旗袍源自满族旗人的长袍，也有人说源自先秦两汉时代的深衣，还有人说是上世纪二十年代满族旗服与西方时装联姻演化的结晶。我却暗暗倾向于后者，不光因为民国政府于一九二九年把旗袍确定为国家礼服之一，重要的是搜遍古代历朝诗词歌赋，除了耳熟能详的诸如"云想衣裳花想容""虹裳霞帔步摇冠""绣罗衣裳照暮春"等千古绝唱，找不到任何有关旗袍的只言片语。吸引我的，仍然是民国年间的两首小诗，一首是戴望舒的《雨巷》，另一首是卞之琳的《断章》。让我无法自解的是，两首诗照样未曾提到旗袍，可我偏偏从"撑着油纸伞，独自 / 彷徨在悠长、悠长 / 又寂寥的雨巷／我希望逢着／一个丁香一样的／结着愁怨的姑娘"中读到了旗袍，从"你站在桥上看风景／看风景的人在楼上看你"中读到了旗袍。可不是，那份让人爱怜的忧郁，那份摄人心魄的妩媚，那份梨花带雨的羞涩，那份恬淡孤傲的高贵，不就是一件件旗袍的质地、一个个女人的美丽吗？人间还有什么，能让你想到如此踏莎行般的杏花烟雨，如此蝶恋花般的风花雪月，如此醉花阴般的暗香盈袖呢？当旗袍和女人融为一体，你分得清哪是仙境？哪是人间？

这些年应邀参加过一些与旗袍有关的文艺活动，比如"旗袍晚会""旗袍秀""旗袍季"……不一而足。那次与某女主持人同时受邀担当文艺赛事评委，主持人的旗袍上绣着几朵典雅的百合，立时让旗袍的文化外延拓展了许多。其时美女如云，旗袍如瀑，宛如水色潋滟，百花朝露。独有一女子身着欧式真丝双绉长裙。她芳容出众，身材曼妙，却未能入围。"秦老师，能告诉我失分的理由吗？"她问我。

我反问："你怎么理解旗袍与生活？"

小女子修长的睫毛上顿时挂上了晶晶的亮，那是一滴女性的泪，但不是女人的泪。她的目光久久凝视着头顶会标上彰显赛事主题的三个字：中国风。她会在中西方文化的交汇、链接处寻找到答案吗？

真的不用我提醒，当旗袍成为国家级非物质文化遗产，当旗袍与中国女人一起在各种国际会议、赛事、活动中频频亮相，当旗袍被世界公认为服饰文化的经典，那么，旗袍在寻常百姓家意味着什么呢？有人回答我："家和"。这是个非常了不起的答案。"家和万事兴"，容易让我们想到一个民族的走向和命运。小女子如若参透了这一点，当旗袍加身，她便是一个文化的食匣，食匣里，是满满一桌历史、时代、生活的盛宴。

小女子轻轻告诉我："我看到老师旗袍上的百合了。"老师，指那位主持人。也许她已经明白，该百合时，为什么不是芍药，该长城时，为什么不是埃菲尔铁塔，该云时，为什么不是雨。

每当烟花三月或是稍晚些时候，我都要到江南去，尽管不再年少，可每当置身江南桂花、丁香的氤氲与芬芳，那白墙灰瓦之间的古巷，那夜半钟声的客船，那梅雨拂柳的枫桥，分明便是旗袍的一凹一凸，一袖一襟，以至于下榻江南的某个夜晚，梦见一家古色古香的丝绸店门口，有一位打伞的旗袍女人，一脸幽怨地朝我眺望，如一曲老家的民谣。门口，有一束花，还有一只小花狗。一切，是那么熟悉，熟悉如旗袍上一个小小的祥扣，是直角扣，花扣，还是琵琶扣。

谁愿在这样的梦中醒来呢？那分明就是家嘛。

抚摸柏林墙

　　我用东方男人的手抚摸柏林墙的时候，正值一个阵雨初歇的人间六月天，其时我的腿伤尚未痊愈，步履难免蹒跚，柏林墙使我同病相怜地抚摸到了一种伤口的感觉，这是一个早已流尽了最后一滴殷红鲜血的伤口，我所有的掌纹只是感受到了雨水、露珠和世人手掌的汗液混合的潮湿，隐隐有一抹类似眼泪的酸咸窜出墙体的砖缝和斑驳的漆皮，随风扑打着我的鼻翼，恍然想起明代陈子龙《晚秋郊外杂咏》中的两句："独坐孤亭晚，昏鸦满废丘。"时令乃夏，因何以秋？不由喟然：这就是我想象中的柏林墙吗？回头对接那穿透云层的罅隙直扑雄伟恢宏的勃兰登堡门的阳光，凝望那六根实实在在的陶立式擎天圆柱，聆听跨越两百多年的建筑艺术绝唱，始知我轻抚下的柏林墙早已睁开斑驳松惺睡眼，在温情而无奈地感知着我这个东方人的初访和呼吸。

　　据知，柏林墙仅存三处遗址供游人参观。我现在所看到的这段柏林墙，距离象征德国历史上分裂与统一的勃兰登堡门不远，被幽默地称作"1公里东边画廊"。现在，艺术家的作品已被破坏得看不出原貌，倒显现出了涂鸦的意味。在路面上，一条蜿蜒的痕迹赫然扑入我的眼帘——原来的墙基未被沥青覆盖。那里还有一块嵌进路面的铜条，上面刻着"柏林墙1961——1989"。从宾馆前往洪堡大学学习的时候，竟然往返四次路过这里。据华人导游小云讲，这里是最完整的柏林墙，这个解释让我哑然。既然是保留下的一段，怎么能叫完整的柏林墙呢？充其量是其中的一段，在这个世界上，残缺和完整永远是相对的，逻辑上的概念万不可悖解。难以抹去的是一九八九年冬日的青春记忆，通过电视，我亲眼看到那道钢筋水泥的高墙在举世瞩目中次第倒下，墙两边等待已久的人们踩踏着残垣断壁朝对方冲去，互不相识的人们脸上淌着泪，热烈地拥抱……从那时起，我就认为，柏林墙永远和残缺联系在一起了。历史在这里成为一个巨大的伤口，而完整的，只是看不见、摸不着的被岁月堆积而成的过程。过程构成了历史，而历史哪有过程从容、镇定啊！它往往气喘吁吁、伤痕累累。

其实，飞机由法兰克福降落在柏林的时候，我充满期待的目光就在潮湿的空气中开始寻觅，感性和理智始终在提醒我在寻觅什么，仿佛在迎合着前世的一个许愿，又仿佛是在为一个论点谋求论据，论证一个永远也不知所终的论点，我悲哀的是我管不住走马观花的车轮，总有一种朝觐者才有的自责和负疚。翌日，当我乘坐的大巴经过位于柏林市中心腓特烈大街十字路口的时候，一段长约二十九米、高约三米的残缺墙体扑入了我的眼帘，墙体上有许多大小不一的敞开式大洞，裸露的钢筋像肋骨一样纵横交错、扭曲变形。透过洞口能看到背后碧绿茂盛的草坪和盛开的郁金香。我脱口而出："柏林墙！"对！我确信我的判断，后来我猜想这段墙体大概才是导游心目中所谓不完整的柏林墙。那是一个无比恐怖的画面，与勃兰登堡门附近的墙体有着截然的不同。刹那间，我脑海中浮现的第一联想竟是在西北农村当教师时听到的一个故事：某个冬日的雪夜，某林场的护林员像受难的耶稣一样被几个盗伐林木的贼人捆绑在一棵青冈树上，用山刀剔除了全部的胸肉和内脏，人们发现他的时候，他被豁开的胸腔上肋骨裸露、脊椎暴翘……这个画面在我脑海中执拗地定格了二十多年。只是，护林员曾经是森林的守护者，但是柏林墙啊！你在守护什么？在为谁守护？你是在守护自己像护林员一样的命运吗？这段残墙毗邻历史上著名的被士兵荷枪实弹把守的查理检查站，紧挨着查理检查站博物馆的外墙，曾是冷战时期美苏两方坦克对峙的地方。周围的一砖一瓦都强烈地提醒我，这里曾经腥风血雨，虽然现在它已经变成了繁华的高档商业区。回国后，我与一个惊人的消息邂逅：这段残墙在日前柏林举行的公开拍卖会上，买家趋之若鹜，一位匿名买家击败两位竞争对手，以十七点四万欧元购得，这次拍卖引起了柏林人的不满，认为是对历史的不尊重。这个消息对我来说并不重要，重要的是原来柏林墙可以用金钱来作价的，这使我的脑袋在瞬间嗡嗡作响，我世俗地套用国人媚俗谐音的习惯，竟也媚俗了一下，十七和四竟然是"遗弃"和"死"，在中国人看来，这是两个令人恐怖的不祥的词。这个巧合和发现使我突然乐了，无人知道我心底的波澜和脸部的肌肉组合到底呈什么样子。我联想到在著名的亚历山大广场周围，许多店铺和小摊上都在兜售用柏林墙的碎片充当纪念品的小物品，我不知道当时到底是一种什么滋味，作为一种流行于市场的文化艺术商品，我想买方和卖方的成交体现在脸上的一定是两张满足的心照不宣的微笑，那么这张笑脸的纹理中一定潜藏着人类永远洗刷不净的污秽和永远消退不了的悲哀。

异国旅行的悲哀在于如此乖巧地充当了时间的俘虏，相对而言，我贵如金子般的时间在"东边画廊"前停留稍微多一些，其实总共不到十分钟。这点时间只够用于匆匆留个影，如果仅仅是证明曾经来过，那么难免会让名达贤士耻笑，好在中国人讲究无知者无畏，我脸皮上的潮红就自然暗淡了不少。不过在这短暂一瞬，我始终能感觉到并非遥远的记忆使我的抚摸之手布满探幽的欲望，脑海里反复播放着镂刻在大脑屏幕上的三个印记：第一个印记是上世纪八十年代中期，有位西北老乡执导的关于妹妹大胆地往前走的电影在西柏林捧回了让国人为之一振的金熊奖；第二个印记是天生喜欢绘画的我不知从何时起记住了一幅苏联红军攻克柏林的油画；第三个印记是在那个众所周知之时，众师生通过电视议论着柏林墙轰然倒塌的惊天新闻，使少年的我第一次对瞬息万变的充满戏剧色彩的国际局势和人类政治产生了浓厚的兴趣。这就是我对柏林和柏林墙的全部记忆，而今，并非偶然的欧洲之旅把我缥缈的记忆和真切的视觉有趣地联系起来。在柏林的三天里，我以普通求知者的角色聆听了洪堡大学教授讲授的关于德国统一后科学而高效的政治组织形式，不断咀嚼着伍斯特豪森市那位律师身份的可敬市长和憨态可掬的女议员在专题讲座中关于政党建设的许多全新理念和观点，体味着实地考察中柏林在政治、经济、文化生活中自信而轻捷的步伐……这是一些思想和行动同样透明的可爱的德国人，这使我第一次从浩繁的书本中跳出来，重新回味那些早已耳熟能详的文字：得民心者得天下。大巴每次路过柏林墙的时候，竟然有不同的全新的感悟：一堵墙，是否有理由挡在历史前进步伐的路口？在这片生机勃勃的徜徉着壮硕的奶牛、出产着"奔驰"与"宝马"的土地上，所有的隔阂已经被彻底地埋葬，柏林墙活该被埋葬于二十世纪的往事中。当一切成为记忆，新的天空就会云蒸霞蔚，繁花似锦，这样，我对柏林墙二十多年的猜测和幻想也变得无比透明起来。这是一种罕见的透明，我无法形容这种透明到了什么程度，我曾经想到了这里透明的空气、风和人们的呼吸，最终我还是想到了那天刚刚过去的这场雷阵雨。柏林的六月天，雷阵雨恣意而从容，随清风落，随地气收，甚至与阳光相伴，透明如无，清澈可鉴，它会冲洗掉一切阴霾、隐晦和阴暗，还原我们视野里的一切本相和原色。于是不由心怯，习惯了明丽光线的瞳孔，能否容得漫天的尘埃和雾瘴？

这是个有些冰冷的问题，就像墙体传导给我的彻骨凉意，使我恍惚间忽略了头顶太阳的温度。作为物体属性的破败不堪、庸常无比的柏林墙，即便是恢复到最初的一百六十六千米长、四米高、五十厘米宽，也实在算不得名正言顺的风景，但事实上它像断臂的维纳斯一样，也会成为一种奇观异景的。只不过，维纳斯具备了美的天然属性，而柏林墙的属性是泥土、混凝土和铁丝网，它的一切魅力全部是历史的馈赠和给予。说它蓄蕴了太多的历史记忆也好，说它见证了德国的分裂与统一也罢，说它经历了冷战的风雨洗礼也可。我的思考在于，历史既然是公正的，人类就不得不为它的冷峻、严肃、庄重而折腰。但是，当这堵墙体散发着无辜者的血腥和硝烟，弥漫着专制和独裁，充斥着呐喊和欺骗的时候，历史又算不算得是一位蹩脚的幽默大师呢？幽默是一门艺术，成功的幽默艺术在舞台上需要艺术家的表演天赋，而历史的幽默拒绝一切表演，它是蹩脚的政治家的舞台。在柏林，我曾与洪堡大学一名姓陈的华人教授用调侃的口气故做轻松地探讨过这个问题，有时候，历史在调侃中会像廉价的演员一样向我们走来，轻轻地撩起历史的一角：上世纪六十年代初，前民主德国中央政治局开始对几年间十万人逃往西德的严峻挑战采取应对措施，于是，一九六一年八月十三日凌晨，与西柏林接壤的东柏林街道上所有灯光突然熄灭，无数辆军车的大灯照亮了东西柏林的边界线，两万多名东德士兵只用了六个小时，就在东西柏林间四十三公里的边界上筑成一道由铁网和水泥板构成的临时屏障。我不知道当时分裂长达二十八年之久的德国上空是否总是积压着厚厚的云层，云层的厚度决定着天气的阴晴，那段不堪的日子里，天空承载的，肯定是蕴蓄了万千负荷的积雨云，正在期待着第一个闪电带来的光明和第一声雷鸣的热切召唤。

俱往矣！闪电和雷鸣早已切割开了另一个乾坤。我站在德意志联邦国家上午轻若蝉翼的风中，仰望苍穹，天蓝似水，云白如练，柏林墙宛如刚刚浴罢休憩在阳光、沙滩、海浪、仙人掌之中的德国少女，似乎能感觉到青春的脉搏和鼻息。此时，心海之中闯入了宋代陆游的两句诗："梦破江亭山驿外，诗成灯影雨声中。"柏林墙的文化意义早已覆盖了政治概念，无坚不摧的民意颠覆了柏林墙，却成全了柏林墙无与伦比的巨大而特殊的历史地位、文化魅力和艺术价值。要我说：一个柏林墙死了，另一个柏林墙诞生了。

"咔嚓。"来自世界各地的人们都义无反顾地按下了数码相机的快门，不仅为了表示曾经来过，更为了另一个柏林墙的诞生。镁光灯鲜活的闪耀，就是柏林墙眉睫下扑闪的眼睛。

洪堡大学的倒影

　　当旷世之躯以太普通的姿态在喧嚣的背后平静地行走，那背影往往会使庸常者的目光变得无知和幼稚起来，一如中国传统武侠传奇中貌不惊人、甚至看似弱不禁风的耄耋老者，往往出其不意地拥有足可以笑傲江湖的绝技，令所有的挑战者刮目。位于柏林市繁华的菩提树下大街的洪堡大学，不到半小时就使我们这些在国内或多或少受过所谓高等教育的机关从业者拘谨、矜持起来，论城府尽管不至于面面相觑，但尴尬的滋味还是品尝到了。我们在洪堡大学的课堂教学式培训只有短短的两天半，我们不可能看到它的全貌，我们仅仅看到了它的背影，背影拖得太长，像没在天际的银河，盛满万千星斗；又像是一望无际的原野，谁知原野的尽头，还有何等瑰丽的奇葩和彩霞？

　　现在想来仍然有些忍俊不禁。下了大巴，我们尚在左顾右盼寻找洪堡大学的校门，始知脚下的碎石路面便是洪堡大学校园的中心地带——这是一所没有校门的大学。这种从容的闯入使我突然就领教了洪堡大学平实的姿态和民间式的幽默。院系的分布广而散。中午我们走出主楼，才知道除了外办、计算机中心以及最大的阶梯教室在主楼，人文学科的院系则分布在主楼的附近，而享誉世界的数学与自然科学系却搬到了远在柏林东南角落的阿德勒斯霍夫，一些系、图书馆、展览馆、研究机构竟然分散在菩提树下大街的两边，湮没在我们误断为商业用的门脸房里。就是在这川流不息的车辆和人流中，不断产生着震惊人类的伟大思想和著名创造。走在街道与校园共有的空间，一群群肤色各异的人，或休闲、或匆匆地行走，你根本难以辨得哪些是路人，哪些是学子。这里没有警察，甚至连保安都没有见到，学校与社会的交织、融合显得从容而和谐，一如柏林六月的雨，不经意而来，不经意而去。这使我想起国内的高校，几乎东西南北中都有钢筋水泥浇筑起来的宛如城堡的校门，被警察和保安警惕如网的目光笼罩。于是乎同行者喟然："这就是现代大学之母？"

　　教授兼翻译陈先生给我们介绍这所学校的时候，仿佛在有意探询、印证我们的灵魂和信仰，因为他是先从曾就读过这里的马克思、恩格斯说起的。我们的心一下沉寂和肃穆下来，我们何曾仅仅来到了一所世界一流的学府，我们的角色已经变成了无比虔诚的朝圣者。我们的目光开始变得小心翼翼，甚至能听到自己的脉搏不均匀的跳动，气氛顿时肃穆地有些让人感到呼吸困难。其实马克思、恩格斯仅仅是这所高校里的两颗星星，使这所高校光芒四射的，是马、恩之前有古人，马、恩之后有来者的群星荟萃而成的星河，许多历史哲人、文化名流和科学巨子都与这所学府有着很深的渊源，曾在此任教的有物理学家爱因斯坦、普朗克，哲学家费希特、谢林、黑格尔、叔本华，神学家施莱马赫，法学家萨维尼等，曾在此就读过的有欧洲议会主席舒曼、哲学家费尔巴哈、著名诗人海涅、铁血宰相俾斯麦、作家库尔特·图霍尔斯基等。这里先后产生过二十九位在化学、医学、物理和文学等领域的诺贝尔奖得主，世界上第一个诺贝尔化学奖获得者就出自这里。我想，来这里的人，应该是有勇气与科学、与思想、与高贵的灵魂对话的，而我和我的游伴们能吗？我为这个问题感到深深的不安和恐惧。我不知道在这样一所蜚声世界的大学接受培训是不是一种值得骄傲和自豪的事情，因为我实在难以判断我的培训所得是否有愧于先哲的期冀，是否有悖于洪堡的精神？于是我想起国内高校那颇显官场色彩的级别，似乎知名度越高就得享受诸如省部级、地厅级等等什么级的。按照国内的规则，洪堡大学当授何级？这个问题似乎过于幼稚或者简单，但是答案却不是谁都能回答的，这问题就不是深刻与否的问题，而是有些饶有趣味了。

　　我意识到了进入洪堡大学的贸然和轻率。之前对于欧洲的名校，也就平庸地记住了牛津、剑桥等为数不多的一些。奔赴欧洲前，出于学习考察需要，不以为然地了解了一些洪堡大学的皮毛，于是知道学校所在地是原先的海因里希王子宫，目前共有十一个学院、两百多个专业或科系，学生近四万人。一八一〇年，普鲁士教育大臣、著名学者和教育改革家威廉·冯·洪堡主持成立了这所大学，他提出"学术自由""教学与研究相结合"的办校方针影响深远，直到今日仍是全世界大学所尊崇的教育思想，特别是美国历史上曾经以洪堡大学为榜样，对高等教育进行了系列改革，促进了美国高等院校学术自由、学术自治、学术中立传统的形成，被全世界公认为是学以致用的样板。如今，历史的回望和现实的感受糅杂在我的大脑中，顿时生出了百倍的热量与温度，冥冥之中似乎明白了洪堡大学为什么被誉为德意志现代文明的摇篮；为什么有勇气颠覆了传统大学模式，树立了现代大学的完美典范；为什么第二次世界大战之前，这里曾经是世界学术的中心。其实答案早就明摆着，譬如这里的校训：哲学家只是用不同的方式解释世界，而重要的在于改变世界。

此训其实可以作为答案的，这样的答案足使我哑然。

校训其实是马克思的名言，镌刻在主楼大厅正面的墙壁上。我们上楼下楼都得经过这里，每次走过，仿佛穿越着时间的隧道，与一位历史老人靠近、再靠近。在这里，我们几乎都留了影。柏林的正午大雨如注，大厅的光线显得暗淡而迷离。镁光灯在不停地闪耀，伟人的文字在刺眼的镁光里熠熠生辉。我的目光久久地注视着这几行鎏金的德文，眼前闪过儿时在老家甘肃的乡村看过的连环画：马克思、恩格斯两位伟人，并肩走在莱茵河畔，天空密布着沉重如铅块的乌云，闪电豁开云层，犹如一把闪亮的利剑……耳边隐隐传来柏林上空的闷雷，我们仿佛在谛听历史伟人那关于全人类无产者生存与革命的旷世宣言，似乎在感受着伟大先驱在斗争的前沿踱步的背影，我们的灵魂似乎被投放到信仰和意志的天平上接受考问……我当然不是思想家，我从来没有奢望我有限的智慧里可有思想的因子。但是我是崇尚思想的，这至少使我的世界观在逐渐成熟起来，而今身处这个思想家的摇篮里，让自己浅薄的思维和思想家曾经拥有的空间融合在一起，陡然感觉到自己像一个犯了错误的学生。

说起来洪堡大学已经有近两百年的历史，那一栋栋因风吹雨打而显得破旧的古老建筑似乎在向人们讲述着发生在它们身上的一个个堪称经典的故事。与经典故事相悖的是我们参观过的所有的教室都显得简朴而平实，桌椅板凳也很简单，不像国内某些大学的所谓硬件建设，竞相攀比，装扮豪奢。教授使用的所谓现代化设备竟然是早在上世纪八十年代就在中国城市学校淘汰了的普通幻灯机。这对我来说是个堪称经典的幽默。这其实是一种我们永远体会不到的姿态和境界，正因如此，除了洪堡大学的创立者威廉·冯·洪堡被塑之成像供后人瞻仰外，没有一个洪堡巨子像中国佛龛中的神位似的被供奉于最招人眼目的地方，即便是那些功高盖世的二十九名诺贝尔奖获得者的相框，也只是分两排集中悬挂在并不起眼的楼道里，似乎只是为了证明，他们曾经是这里的教师或者学生。窄小的楼道一下就被我们这群黄皮肤、黑头发的东方人塞满了。给我们讲课的黑格尔教授幽默地说："洪堡大学的楼道里很少有如此堵塞的现象，看看，你们让我们的老师和学生吃惊了。"我这才注意到，许多准备穿过楼道的异国师生，疑惑地看我们一眼，就礼貌而又自觉地绕开我们，从两边的楼梯口上楼或者下楼。他们当然是要吃惊的，他们时时刻刻在感受着前人目光的热望和注视，无时不在这纵横交错的目光里汲取人生的启迪和意志的修炼，而我们呢，在万里之外的国度，只是感知到被阳光拖过来的一截影子，而今到了影子的源头，却有难以望其项背的窘迫和尴尬。这其中的道理或者答案是什么呢？是差距。面对差距，我们就得承受目光的狐疑，尽管这样的目光被礼貌装饰得无可挑剔。

在课外，我们与黑格尔的交谈中，多次谈到在世界经济一体化的今天，洪堡大学和中国高等院校的交流与合作问题，后来我才知道，几乎所有的华夏儿女在和德国各界的接触中，都要了解与中国某些领域的合作与交流问题。这让我感动，我觉得这已经不是下意识，而是一种责任、良知的发现和流露，这使我们在更深层次上理解了祖国这个概念。原来早在国难当头的民国初年，许多抱负远大的中华学子，就已经和洪堡大学结下了不解之缘，仅在一九四六年到一九八五年间，洪堡大学先后向国际上一百五十位杰出人物颁发名誉博士证书，其中包括中国的周恩来和郭沫若。周恩来曾于一九二二年二月由法国迁居德国柏林在洪堡大学勤工俭学，同去的还有后来成为新中国第一任驻日内瓦的总领事温朋久。北京大学校长蔡元培先生留德期间，广泛吸取了德国洪堡大学古典大学思想，丰富了北大的办学理念。另外，罗家伦、溥心畬、陈康、王淦昌、赵九章、陈寅恪、章伯钧等人都在此深造过。他们后来都成为中国某些学界、学科领域开山鼻祖和泰斗式的非凡人物，他们对于中国的特殊贡献，几乎囊括了中国政治、经济、文化生活的大部分领域，他们当中一些人的经典学说、鸿篇巨制，也曾成为、今后也是我辈探求学海的引路明灯。幽默的是，近些年洪堡毕业的中国留学生不在少数，却鲜有与前人比肩者。我在思考，面对前人树立的灯塔，我辈有无资格在茫茫大海上航行？即便是一叶扁舟，我们思想和灵魂里到底能够承载些什么，如果负载前人的精神，那么到底能负载多少。

从洪堡大学出来，适才初晴的天空又布满了阴云。我接到几个从国内打来的电话，始知大陆高考狼烟四起，征战犹酣，如火如荼。陈教授说："在德国人看来，成才的标志是创造。"言下之意显然触及了国内的高考制度和人才选拔机制问题。有一个趣闻，德国的所有大学拒收国内外的"高考状元"，招生时都采取高考分数、平时成绩及考生的综合素质三者合一综合选拔制度。具体来说，除了高中学业成绩和毕业成绩外，学生的领导才能、外语水平、打工经验、社区服务的经历、荣誉奖状等，都是校方录取时考虑的因素。这使我想起德国人才学研究学家威尔尼茨教授所说："人才的成长与发展是德、识、才、学诸因素的综合效应，任何一个因素的缺失，都会成为学生成才道路上的障碍，甚至是致命的障碍。"而此时此刻，祖国大陆各省市的教育部门、各所重点或者名牌大学、所有的考生和家长，都怀着对上帝般的虔诚和期冀，在企盼着国家级、省区级、地市级、县乡级"高考状元"的诞生……

又下雨了，我和陈教授共同搭着一把细花伞。我们久久地回眸，洪堡大学在雨中像一位江边独钓的老人，朴实无华的蓑笠和简单的鱼竿儿都在告诉我们，背影的前面，是怎样一副尊容。

烟雨崆峒道谁知

知道，不知道。众生芸芸，谁人？对这个道，一知或尽知。

六月麦黄天，我与京城的几位文学前辈来到久旱的平凉崆峒山，却偏逢烟雨三天。崆峒内外雾锁雨铸，耳听得雷声隐隐，山鸣谷应。沿着陡峭的石阶，紧紧攥着冰湿的铁索，一路攀爬。喘息间，带着某种祈念回首，但见天地相连，茫茫然不见一物。整个世界空空洞洞，洞洞空空。

我陡然一惊！崆峒与空洞，世界与无物；崆峒与无物，空洞与世界。这是我本次拜访崆峒的初衷和发现吗？这是有所知道？还是有所不知道；这是我的自觉醒悟？还是崆峒诸仙悄然给我的谜底。冥冥中，似有信息在对接，在呼应。记得之前浏览崆峒史料，有崆峒山"空空洞洞之意，合道家清静无为"的诠释。此刻，那些被历代文人墨客万般描绘的九宫、八台、十二院、四十二座建筑群、七十二处石府洞天，均化为无形，无影，无踪，疑似过于遥远的传说。

天梯半途，峭壁上的"黄帝问道处"巨幅石刻扑入眼帘，尽管山岚环绕，好在隐约可辨。驻足，无语，敬仰。——黄帝问道，这是崆峒"中国道教第一山"称谓的硬道理，也是崆峒别于他山的标志。此刻的雨，不大，也不小。因为不大，你可以保持自信，尽力登高；因为不小，你方知举步维艰，世事难料。"黄帝问道处"周围的杂树杂花，挂满寄托人们心愿的万千红布条。来自天上的雨，"唰唰唰"地落在红布条上，稍作停留，"唰唰唰"地，又落到地下。它带着声息而来，最终，又无声无息地回到天上。

道，是什么？是此刻的崆峒呈现给我的大无世界吗？知，又是什么，是紧紧包裹着崆峒山的烟雨吗？我显然失去了判断的自信，空留无序的问之又问。唯一清醒的是，足下此山，不是过往岁月里游览过的这山那山。这里因为问道得人，问道得魂，问道得仙，问道得天下。问道，使崆峒成为道家的唯一。

　　纵看不见身外的万物，却感觉自己的内心，被神秘的道所弥漫和浸润。对黄帝问道之壮举，顿生感慨。几千年了，轩辕黄帝不是别的而是轩辕黄帝，这是他个人乃至华夏子孙的福分和真理。他已经战胜了蚩尤，早已名冠四海威震八方，仍然不辞艰辛辗转来到陇上，躬拜崆峒。他不甘于既有的已知，他要知道，于是拜问正在修炼的广成子。广成子释道授秘曰："至道之精，杳杳冥冥；至道之极，昏昏默默；无视无听，抱神以静，行将自正；必静必清，无劳汝形，无摇汝精……"据说，时有两只玄鹤，闻道即刻成仙。毫无疑问，秦始皇、汉武帝、司马迁等君主方家登临崆峒，必是慕道而来。

　　慕道如我秦岭者，亦对黄帝问道所得拜读多遍，只是，我等纵拜读万般，尚不知梦中的彼岸。知道者，必是个别；不知道者，必是多数。个别和少数，少数和多数，世界因此而有了层次和秩序，而我们这些多数中的一分子，觅得自己在凡尘中的坐标，竟是这般之难。觅与难，所谓人生，无不跌宕起伏。

　　进得崆峒，出得崆峒；内观崆峒，远眺崆峒，崆峒的大致面貌是什么，因了这场烟雨，一切"杳杳冥冥""昏昏默默"，全然没有印象。

　　这样的烟雨，隐含崆峒的道吗？高人解曰：无知方为有知，君不见此行平凉的京城三老中，作家从维熙的"熙"下面火焰熊熊，有雨方能中和。评论家雷达的姓名更是"雷"至雨落。而编辑家崔道怡的姓名，不偏不倚，居中一个"道"字了得！

　　我骇然，当初邀约三老去平凉前，我断不曾想到，有烟雨在等着三老，或者，三老会把烟雨带去。也许，烟雨崆峒，既是秘密，也是答案。平凉的主办方把此次采风谓之"美丽平凉六月行"，而所有的美丽恰恰就笼在烟雨的面纱里，崆峒之道，成为这个六月里我们最美丽的遐想和追问。

　　时过三日，我们登上了西安飞往北京的航班，飞机刚抵北京上空。地面指令却要求立即返航，理由是京津地区突遇十年不遇的雷雨。飞机只好绕了半个中国，重新返回西安。机场内外，怨声载道，而我与三老观书、品茶、聊人间可聊之事，淡定如闲云野鹤。来遇烟雨，去遇烟雨。无知有知，姑且认下。困居西安的当晚，平凉负责接待的朋友在短信中说："各位离开平凉后，雨过天晴，能见度极好。"

只是，有了能见度而没有了烟雨，我们何能感受那红布条上有声而来，无声而去的雨滴。我宁可认为，飞机返回西北大地，这是我们与崆峒的另一种作别。

和田古丽

让我，让我怎么说你呢？你呀你呀，你这和田美女。

美女在时下几乎成为一个油腻的畅销词汇，我却如履薄冰。说句不怕嫌酸的话，作为男人，美女该是典藏在心里最温婉处才是，怎忍得挂在嘴边？掉了，咽了，怎一个心疼得了！维吾尔族朋友告诉我："新疆人把美女叫古丽。古丽是花朵的意思。称对方古丽，她会对你莞尔一笑。"在内地，说哪位女子长得像新疆人，必指美丽。

那天在乌鲁木齐的国际大巴扎，眼见得古丽们如绚烂的云彩，衣袂飘飘，翩然过往，让你故作深沉控制目光也难。有作家提醒我："其实，新疆最美的古丽都集中在和田，去了，要小心着！别忘了归途。"我笑而不答。我不知道我这笑里，能包住内心，可能包住一个以美丽为标志的世界？

就这样与和田美女相遇在南疆。在这夏日的昆仑山下，塔克拉玛干沙漠的边缘，茂密的白杨树为大地笼上一抹斑驳的、清凉的碎屑般浓荫。我们几个作家相约到了街上。那一刻，大家的目光里其实锁定了心里的审美。一切，不用寻觅，扑面而来的美丽，已经让你感受到了一个有关另一种女人的世界。此刻，不由想起维吾尔族古典史诗《乌古斯可汗的传说》中有关新疆姑娘的文字：

......

她是个非常漂亮的姑娘

她的眼睛比蓝天还蓝
头发好似流水
牙齿好比珍珠
……

    只有这样的世界，才能如此地涵养着绝色的美丽。商场里、大街上、宾馆里的和田美女，或徜徉散步、或驾驶小车，或在沙发上品咖啡。当美丽成为千古的约定，就成为一种习惯。于是看不出和田美女有什么矜持之意。白皙的肌肤和高高的鼻梁让美丽显得自信而挺拔，妙曼的身姿走出一种西域肢体性感的神话。目光相遇，她决不回避，她自信蓝色目光里海洋一样的包容性，每一束光芒，都是一段动人的传说。只许你去品，去读，去观赏。作为一个雄性的男人，你无法动任何邪念。和田美女习惯了在美丽中徜徉，更注重对美丽的创造，那满世界闪烁的缤纷、流动的绚丽，源自她们身上不同花色的小花帽、多种款式的艾得莱斯绸宽袖连衣裙、各色图案的金丝绒对襟绣花小坎肩，以及质地精良、细腻的丝巾、纱巾。而对耳环、耳坠、项链、手镯、戒指等饰物的讲究，更是在乎精致精巧，美轮美奂，即便是一枚小小的胸针，都显得玲珑别致，风情万种。

    "哇哇——"这婴儿的啼鸣，往往出自和田少妇的怀抱。蓝天白云之下，不少和田少妇抱着亲爱的宝贝儿，昂首走过。这是内地城市很少见到的审美元素：美丽，性感，母性，生命，自豪；烟雨红尘，返璞归真，生活质地。物质社会难得一见的高贵，典雅，清纯，因了和田美女的缘故，一下子把喧嚣的内地与桃花源般的西域区别开来。

    好一个和田！竟是这般的雍容华贵，连人间烟火也是如此的仪态万方，尽显风华。

    据说，这里曾经是传说中的伊甸园。是吗？我宁可认为，是。

    一种流质的、活泼的西域之韵，从美女们的身材、回眸和步履中水一样流淌开来，环绕了我们，一呼一吸间，和田，像一块透明、温婉的玉。

    怪不得，这里是和田玉的产地。玉龙喀什河里到处都有捡拾和田玉的姑娘。姑娘啊！你到底在寻找玉呢，还是在寻找自己？贵为玉中之玉，和田玉不是那么好捡的，河滩上缤纷的艾得莱斯绸缎裙子，像一丛丛盛开的花儿，姑娘就是花心，这花心，就是稀世罕见的美玉。

我明白，捡玉，其实是美丽的一次集会。玉龙喀什河的河滩，一定蜿蜒着千古以来的美丽。往东，那里是楼兰美女的诞生地，往西的公格尔山北侧，是香妃墓。我想，曾让乾隆老儿迷恋的南疆美女香妃之香，一定是当时燕赵大地没有的沙枣花儿的香，或者，是红枣花儿的香，反正，是新疆之香。我无由地讨厌乾隆，牵手一场，却搞得香妃命运不济。我不是皇上，只能罢罢罢了！香妃有知，终会懂得，皇宫纵有万般好，倘不如民间的书生如我秦岭者，最是懂得知疼知痒，怜香惜玉。

"疆女不外嫁"。答案就在传唱不息的歌词里：新疆是个好地方。

这里的天和眼睛一样是纯蓝的，云和心灵一样是洁白的，草原和胸怀一样是广阔的。牛羊懂得天山是家，生命懂得绿洲是宝。这样的珍惜，珍爱，待在钢筋水泥、喧嚣嘈杂中的内地都市人，糊涂如你者他者，可懂？

初到和田的当晚，华灯初上。我们一行在著名哈萨克族作家艾克拜尔·米吉提的引领下，前往和田最大的广场——团结广场感受这里繁华的夜市。我们惊讶于广场上和田美女的歌唱和舞姿，那是我欣赏到的人间最自由、最大方、最质朴、最动人的艺术。"红蜡烛移桃叶起，紫罗衫动拓枝来，鼓吹残拍腰身软，汗透罗衣雨点花。"这是当年西域美女在长安城里表演龟兹舞时，我们汉民族的著名文人白居易留下的诗句。诗句留下了，古丽们像"冰山上的来客"一样走了，回到了新疆。而今，我们循迹而来。今夜月光下的歌舞，比当年皇宫里的表演更要丰富：人与人，老与少，男与女，夫与妻，母与子……

两天后一个月高风清的夜晚，我从民丰采风返回和田，再次去了夜市。这次不是结伴，是独往。喜欢一个人的感觉，慢慢走，用我自己的眼睛，只这一双，看我最爱看的。很遗憾，子夜时分，风云突变，和田典型的扬沙雷雨天气像怪兽一样从天而降，由地而生。古丽们用丝帕蒙了脸，却极有秩序地在视野里消失，一个个地，进入家的港湾。那里，必定有强健的臂膀，像雄鹰的翅膀一样张开。

阳光总在风雨后，我相信，明天的和田古丽们，将会以新的面貌出现。美，是需要洗礼的。所以，美在这里，鲜活灵动。

离开和田的那个午后，太阳的紫外线很强。我在宾馆门口的白杨树荫凉下，拎着相机，让目光放纵。"嘎——"一辆时尚的女式摩托车停在了我旁边，像一团红色火焰。车上的古丽，长裙花帽，彩珠点缀，玫瑰色的丝帕束起了黑色的秀发，大眼睛像清澈的湖水，高高的鼻梁下，唇红如樱。人与车，协调俊洒，曲线玲珑。她对我莞尔一笑，洁白的牙齿像启开了一个秘密。那一瞬间，突然想起王洛宾的《在那遥远的地方》的歌词："我愿她拿着细细的皮鞭，不断轻轻打在我身上……"

她手里，独缺的是那根多情的皮鞭。即便有，她该打谁？

我说："古丽，我给你照张相可以吗？"

古丽继续微笑，轻轻摆摆手，用生生的汉语说："不可以的。"

"为什么呢？"

"我老公会打疼我的。"

我乐了，她也乐了。我进了宾馆，她启动摩托车，徐徐地，停到了我刚才的荫凉下。原来，她是以绅士的风度，等待一片荫凉。

注定了，和田美女的皮鞭不可能轻轻地打在我身上。无缘感受那种疼痛的美丽，是疼的另一种。

一枚戒指在布鲁塞尔等我

她就这么等我，一枚精美的戒指，在布鲁塞尔的凯旋门广场。

不像故事。没有构成故事的内核，倒像一个传说，分明是。

六月欧洲的乡村，荡漾着梦一样的绿海碧波，而城市的风韵，更像是古色古香的老盆景，那种气息分明与生俱来而非人为营造。位于比利时的布鲁塞尔的凯旋门广场，人头攒动，喧嚣如潮，起初并没引起我太大的兴致。论凯旋门，法国巴黎的凯旋门早已掠尽风光；论广场，走过的几个城市——柏林、法兰克福、海牙、阿姆斯特丹几乎都有堪称壮阔典雅的广场，布鲁塞尔人显然习惯了美学意义上的景观移植，包括那天喧闹的民间歌舞表演，我觉得更兼有中国社火的意味，这让我的行走，渐渐有了品茗的心境，也或多或少有把玩之趣。

这枚戒指，她就这样来了，一如从大地冒出来，春天里萌芽的那种，在细碎的沙砾上静悄悄地期待着，我几乎能感受到她轻颤的翅翼和轻微的呼吸。在缓缓流动的人流中，真是让我难以置信。此刻，比利时特色的"社火"正在表演着。锣鼓喧天，热闹非凡。来自世界各地的游客都围着社火中的"恐龙""怪兽"尽情地狂欢。欧洲的大小广场都铺有一层细柔的沙砾，恍如海滩，感觉像夏威夷的那种，足够让人忘乎所以。

有谁知道，沙砾中会有一枚精致的戒指呢？

不是我发现了她，纯粹是她闯入了我的眼帘——这枚大概是阿拉伯人遗失的戒指。或许，是一种默契。我心怦然，我无意用触摸戒指主人的不慎和焦虑来满足自己的好奇和得意，归根到底，我从来没有捡拾遗品的习惯。

但是，我惊奇地发现，在正午太阳的折射下，戒指金色的光芒像礼花一样绽放着，很美！这样的绽放由于角度的关系，戒指和我的眼睛构成了一条线段的两个端点，她的光芒和我的目光分明有一种融汇、重合的力量，不是谁的目光能够构成支流。她更像一只扇动着长长睫毛的眼睛，美丽的眼睛，迷人的眼睛，聪慧的眼睛。此刻，我是唯一走进她视野的一个男人，而且是万里之遥的亚洲男人。只能是唯一的，否则，就没有了她此刻的存在，她或许早已属于某个白人，黑人或者是棕色人。

我拣起了她，因为不是做贼，所以我大大方方捧在手心，并平举在阳光下，立时，我的手掌变成了神奇的海市蜃楼，戒指成为下榻在皇宫里的公主，夏风为之环绕，阳光为之驻足。许多欧洲人的目光被吸引过来了，好奇的，惊喜的，羡慕的。我领教过这种眼光，那是在世界钻石之都——阿姆斯特丹，面对琳琅满目的钻石和钻戒，人们的目光像烙铁一样滚烫，置身其中，我感觉高温的酷暑提前来临。我忘了当时是怎样想的，反正一扬手，戒指像一颗不起眼的小石子，从我手中飞出，"扑"的一声击中远处的沙砾，翻了个个儿，蜷缩在了那里。我突然就感到了意外，一是刚才那绽放的光芒瞬间消失得无影无踪；二是脱手的一刹那，我发现上边镌刻有精美的阿拉伯文字。

很多人都不知所措地愣在那里，谁也没好意思去捡她。他们只是目睹了我扔掉戒指的全过程，我似乎就是这个故事全程的主人公，在我之前到底发生过什么，他们一无所知，包括我自己。我听见他们用英语或者法语嘟哝着什么，大概是"怎么会这样"的意思吧。

那一瞬间，我倒希望戒指的主人真的会从天而降，在喜极而泣中团圆，与我一起完成一个拾金不昧的故事，这样的故事尽管平淡无奇，却也是最为理想的结局。但我知道这是天真的臆想，这里是欧洲而不是阿拉伯，即便是在阿拉伯，掉到地球丛林中的陨石还能循着早已泯灭的轨迹回到浩渺太空的故园吗？一如匆匆来到布鲁塞尔的我，岂止是一个过客？在目光的丛林里，我赶紧又把她拣了回来。当时的感觉，自己像布鲁塞尔广场上那个尿童像的原形——小于连，但又不完全是，不仅仅是童心。万千人群中，我宁可相信和她的邂逅是一种偶然，而那镌刻在戒指上的我一点都看不懂的阿拉伯文字，迅速对接了我心灵深处最神圣、高洁、柔软、温热、崇敬的部位。阿拉伯在我的想象中，更多的是诞生在干净沙漠中的故事和传说，遥远如梦，近在心灵。我的心一下变得温暖起来，那一瞬间，我想到了上帝。

她是在等我吗？我问自己，如果不是我，她在等谁呢？

有个阿拉伯的传说，记不得是谁讲给我的了，很早。有个年轻人在朝圣的路上，拣到了一枚价值连城的戒指。这枚戒指本来会带给他吉祥和幸福的，遗憾的是他不再勤劳，每天守在路上等待第二枚、第三枚……等了一生，等来的是庄园的荒芜和日子的落寞。我当然不会指望第二枚戒指扑入我视野的机缘，我的念想其实很单纯，她那绮丽的光芒和神秘的阿拉伯文字，只是在我这里有了归宿。

我把她带回了国内，好像是搁到了楼上书架的某个位置。在我从欧洲带回来的所有物品中，她是那么小，她的到来是那么轻而易举，后来几番调整藏书，全然忘记了戒指的事儿，这符合我粗疏的脾性。某次，外国语学院的一个教授来访，我突然想起戒指上的阿拉伯文字，于是决心把她找到，请教授翻译一下，结果找遍书房，折腾得我满头大汗，终未果。教授说："本来是很单纯的一件事儿，为什么非要搞清戒指上的内容呢？"

一想也是，从此告诫自己不再惦念，但每走进书房，感觉到处都是她的眼睛。

巴黎圣母院的鸟群

如果有谁说巴黎圣母院像屹立在塞纳河中心的鸟岛，恐怕难觅和应之声。首次去巴黎圣母院，我竟被那飞织入网的鸟儿吸引，也许并非偶然。

生在广袤的中国西部田园，就有理由见识人间各种各样的鸟儿，至于与鸟儿在生命的形式和内容中有什么样的默契，确未曾深入探究。我平静的步履轻轻跨过巴黎塞纳河上古老的石拱桥的时候，坐落于西岱岛上的巴黎圣母院那高大、庄严、肃穆、雄浑的英姿已经像一滴温热的泪珠儿，饱含在我的眼帘之中了。有鸟儿亲昵地落在了我的肩头，我认得出，竟是在中国随处可见的麻雀，我感动得近乎有潮雾弥漫眼眶，灵魂在瞬间似乎得到某种净化和宽恕。从麻雀歪着脑袋注视我的眼神里，我读到了一种兄弟姐妹间才有的信任和亲近，我甚至可以说，小精灵那张娇小的毛茸茸的脸，是洋溢着微笑的，浅而细的那种。

巴黎圣母院有四个门，我靠近的是东门，从阿尔卑斯山那边过来的阳光正温和地照着这里。东门前的广场很大，铺满匀称而细柔的沙子。从这里西望高耸入云的巴黎圣母院教堂，目及处，应该是最佳的景致，巨大的拱形门四周布满了雕像，重重叠叠，多为描述圣经中的人物，大门正中间的雕塑主题则是著名的"最后的审判"。左右两边各有一门，左侧大门上的雕塑表现的是圣母玛利亚的事迹，右侧则是圣母之母——圣安娜的故事。成千上万的来自世界各地人，从这里安静地走进去，把心放下来，把情放下来，把所有的一切都放下来，在做弥撒、听圣乐中寻求希冀。我想，再狂躁、粗俗的人来到这里，心情都会像幽静的田园，胸中的所有喧嚣和躁动都会尘埃一样落定。

然而我惊讶地发现，每一处的雕塑群，几乎成为鸟儿的乐园。鸟儿的喧闹和信徒们的安静形成幽默的反差。信徒们不会不知道鸟儿的脾性，为此早就对鸟儿熟视无睹了，而鸟儿真正洞察得到人们此时此刻的心理世界吗？成千上万的鸟儿，在这里自由飞翔、嬉闹、生活：或群起群落，或结伴双飞，或独身游走，或聚散信步。广场的细沙里，你会冷不丁发现游泳一样抖动着翅膀的麻雀，干净的沙砾像塞纳河里晶亮的水珠一样，沿着太阳的光线在翅膀的羽毛表面一滴一滴地滑落，也许，这里有鸟儿和谐的家庭，浪漫的爱情，美好的憧憬什么的……它们传递给我们的所有信息都是祥和而充满生机的，甚至可以感知，我们的神经系统和它们在生理上有某种切合与链接，因为它们时不时地就落在我们的肩上，我们能感觉到小小的爪子——不，是小小的手，承载它们身体的分量。巴黎圣母院，使我十分严肃地想到了一个十分普通的话题：人与自然的关系与命运问题。在这里，在这世界驰名的天主教堂，在这法国最负盛名的古代胜迹。

这其实正是人类渴望的那种无忧无虑的自由生活。其实我太明白，对于人类来说，自由世界在某种程度上只不过是一种渴望，或者说梦想而已。欧洲已经够发达、够自由、够富庶、够民主了，加上这里旖旎的风光和和谐的人文环境，生活在欧洲的人们，使动不动就爱幻想一番的中国人很容易想到天堂。

我在想，如果这个承载着我们人类的星球上到处都是天堂的时候，还会有教堂吗？譬如巴黎圣母院，它还是鸟儿的天堂吗？

毕竟是向往，巴黎圣母院使我们的向往变得具体而实在起来，这座世界建筑史上最伟大的石头建筑，这首被誉为由巨大的石头组成的交响乐，反映了人们对美好生活的追求与向往。我被法国人的智慧所折服了，一如被巴黎圣母院的宗教圣光所感染。在这里，我的心情像鸟儿一样，我看见天是蓝的，云是白的，水是清的，人们的脸是真实的。

而事实上，欧洲大地和全球所有的地方一样，从来就没有平安过。就在几年前，相邻不远的东欧巴尔干地区，来自北美洲的一个高度文明的国家——美国和另一个同样高度文明的欧洲国家——英国携起手来，用现代科学制造的炮火把十多万人送进了地狱。以杀戮为主要形式的战争本来就是人类不属于文明物种的最主要的标志，而近现代战争竟也含带了文明和人性色彩，譬如在那场东欧战争中，对屹立了几百年的教堂还是怯于矫正到瞄准镜中的，这是不是就算屠刀下的文明呢？

其实，成全的不是人类的生命，而是人类创造的精美建筑艺术的寿命，还有，那就是成全了作为鸟儿的世外桃源般的日子，譬如麻雀。我意识到，在巴黎圣母院的圣光之中，表现出来的是作为人心灵和精神层面中最真善美的那部分。人类本来是降服不了鸟类的，而人类天性中的这小部分，竟那么轻易地就感化了鸟类，把人类当作自己生命范畴中的芸芸众生，它们没见过人类拿着屠刀的样子。

只可惜，真善美只是人类道德与文明中的一小部分，而不是全部，当真善美成为人类道德与文明的全部的时候，鸟儿啊，我该称呼你什么？于是，我懂得了宗教的伟大感召力和生命力。我走进圣母院内，我能感觉到我的目光纯净如孩童的目光。一楼大厅右侧安放一排排烛台，数十枝白烛辉映使院内洋溢着柔和的气氛。座席前设有讲台，讲台后面置放三座雕像，左、右雕像是国王路易十三及路易十四，两人目光齐望着中央的圣母哀子像，耶稣横卧于圣母膝上，圣母神情十分哀伤……在这里，我的心情十分地复杂起来，我在想一个简单的问题：圣母如果不哀伤，该多好啊！我没有到三楼去，我知道那里是最顶层，也就是雨果笔下《巴黎圣母院》中描述的钟楼，从钟楼可以俯瞰巴黎如诗画般的美景，远眺欧洲古典及现代感的建筑物，欣赏塞纳河上风光，那里，一定会有一艘艘观光船载着来自世界各地的游客穿梭游驶于塞纳河上，美丽的浪花夹裹着人们开心的笑声。想是这么想着，脚步并没有挪动，面对圣母哀伤的表情，我的脚仿佛生了根。

要我说，面对圣洁的巴黎圣母院教堂，各色人等人性中最美好、最精华的世界毫无保留地袒露着，连鸟儿都能看见的，天主就更看得见。在这里，连麻雀都从骨子里确认人类本不是它们的天敌，我理解了麻雀飞到我肩头的微笑。

走出巴黎圣母院的时候，光线很好。有位大胡子的老人用一条腿支撑着身子，另一条腿则屈搭在栏杆上，肩、膝、头部都落满了麻雀，一拨麻雀飞走了，另一拨麻雀又来，原来是老人和鸟儿一起进餐。我用数码相机摄下这个镜头的时候，竟真的分不清老人和鸟儿的眼神到底有什么区别。

河豚岛

自认为走遍中国的你，是否去过这么一个城市，它被誉为河豚岛。

如若，这是个抢答题，倒是我不幸贸然留下了按键记录。北国料峭的三月，文坛名宿从维熙老先生建议我随一个采风团去扬中看看。扬中？我所有旅行的记忆里没有任何关于它的雪泥鸿爪，于是误判为李白式的"烟花三月下扬州"。可是，从老却吟出苏轼的诗来："正是河豚欲上时。"

一路南下，朋友的短信紧追不舍："非得要去冒这个险吗？"

当然指品尝河豚。一个号称西北狼的大男人，我如果非得纠结"拼死吃河豚"的典故，非得探究扬中被誉为河豚岛的前世今生，非得追问那些为了一张馋嘴殒命天涯的一个个悲壮实例，难免矫情了。平时行走江河湖海，遍尝美味，唯独没有对河豚下箸，这次直闯扬中，分明就是偏向虎山行了。在内心，扬中即便不像蛇岛、狼屿、虎山那么恐怖，而河豚纵然也是经过江南名厨特殊处理过的，但是为了一张犯贱的嘴，却要扛着一条命去，心里发毛是难免的。好在，下箸之前，先入为主的岛上风情，多少稀释了心里的云遮雾罩。这里四面环江，仿佛万里长江一路轻歌曼舞之后，在苏南大地突然一个华丽转身，以扬子江的名义打了个美丽的蝴蝶结。这个结，就是河豚岛了。放眼时下，城里人羡慕乡下，乡下人渴望城里，却往往苦于时尚与田园不能兼得，而河豚岛不大，也不小，水陆面积方圆三百多平方公里。岛上有江，江上有田，田中有城，城中有乡，乡中有你，你中有我。大厦、楼阁、花园、工厂、小车点缀在纵横的阡陌之间，你根本分不清这是城市的田园，还是田园的城市。脑海里冒出一个文题：河豚岛记。本想随兴吟来，疑有攀附桃花源之嫌，只好忍了。

"下辈子来这里，城里人当了，乡下人当了，还赚一个岛。今番，先为河豚一死再说。"忘了这是谁的感言。记着又如何？它已属公共话题。

上桌了，是河豚。主人率先执箸，口气凝重庄严："按惯例，我先尝第一口，半小时后若无碍，诸位可饕餮也！"明知这是戏法，却做足了"风萧萧兮易水寒，壮士一去兮不复还"的慷慨与悲壮，有此担当与大爱，男女纷纷举箸，人人俨然荆轲附体，眼中的河豚，当然就是秦王了。河豚吃法可谓五花八门：清蒸河豚、红烧河豚、生涮河豚、煲汤河豚……神秘、刺激、传奇笼罩了我，骨子里分明在较劲儿："呔！本秦岭何惧也哉。"

扬中人把河豚之美概括为：味鲜甜，肉肥嫩，汁浓醇。在我看来，河豚纵有千般之好、万般之香，前人有了"正是河豚欲上时"，我纵是满腹经纶，也不好画蛇添足了，何况同行的王宗仁、徐坤、叶延滨、范小青、叶兆言、黄蓓佳多是感悟人间美食的老手。酒过三巡，满桌杯盘少有进展，唯独河豚早已皮尽、肉无、汤干，就那盘子，光可见底，如猫舔过一般。吃出这等傻样儿，倘若苏轼在世，不知是否捻须窃笑，引出戏言。大家谈到一段逸事，说是二十年前从维熙率团莅临河豚岛，灵感迸发，欣然挥就美文《学一回苏东坡》。千年一学，今人仿古，成就一段佳话，至今被扬中人津津乐道，惹得各路文人墨客纷至沓来，风卷残云之后，吟诗作赋，字句之间，尽显河豚美味。主人问我感受，我冒出的竟是："饕餮之后，我成了一条好汉。"

文人充好汉，自信与风雅就无端地荡漾了。是夜，岛上一弯明月，江边一片蛙声。我信步走进渔家，与大缸里游弋的河豚默默对视。五六条河豚游来游去，自由自在，渐渐地，所有河豚的肚子鼓了起来，越鼓越大，一个个变成了膨胀的圆球，雪白的腹肌一如凝脂白玉。记得有道河豚菜，是叫西施玉的。"欲把河豚比西子"。江南人的文化思维，难免让我心猿意马。突然，耳边传来一句嫩嫩的童音：

"叔叔，它是被你撑大的，你在它肚子里享福呢。只是，你不知道。"

我怔了一下："何以见得？"

"我爸爸是打鱼的，他说，吃河豚，被河豚吃，才有了河豚岛。"

只言片语，意思却深不见底，耐人寻味。而孩子的父亲——河豚岛的主人正躺在两棵竹子之间的吊床上，享受着明月、香茶、油菜花、车载音乐带来的惬意。我不大懂得苏南话，但有一句是辨得的，主人说："日子嘛，冒点险，才有滋味了。"

　　听到这里，感觉河豚岛已不仅是一个岛了。河豚从大海与江河之间洄游的神秘性，它体内那蕴蓄的剧毒，它与万千鱼类的同与不同，早已与扬中人构成了一种关系，我一时无法总结这种关系到底是什么，但这种关系形成的生活链、经济链、文化链、精神链一定腌制进了扬中人的日子，融入了扬中人的性格和血脉。儿时翻画报，记住了一幅当年解放军横渡长江天堑的老照片《我送亲人过大江》，今番才知，照片中那位划桨的大辫子姑娘，就是当年岛上的渔家女颜红英。河豚再凶，岂能凶过枪林弹雨？十九岁的渔家女，硬是一桨又一桨，把解放军送上了火光冲天的对岸……

　　我宁可认为，河豚文化就是扬中的胎记。环游全岛，看到很多建筑、雕塑、服饰、工艺品、路标上均有关于河豚的种种符号，我不再大惊小怪。河豚岛分明就是河豚的化身，而河豚分明就是河豚岛的灵魂。当一方水土的文化，看得，吃得，喝得，思得，悟得，这样的美无疑充满了蛊惑，笼罩了神秘，遍布了传奇，再有，弥散着一种凡俗日子的娇艳和悲壮。在岛上，你无论身处何地，都有一个巨大的闯入者让你的目光回避也难。你闯入河豚岛，它同时就闯入了你，它便是矗立于扬中园博园的六十多米高的中华河豚塔。它威风凛凛，金光闪闪。它飞翔的定式，既是一种宣示，又像一种挑战。它居高临下、唯我独尊的姿态全然拥有了普天之下所有河豚的世界。身临其下，每个人似乎被这个世界淹没于人间烟火。

　　"适才品得河豚真味，而河豚岛已经把我们一口吞了。"有位学者感慨。

　　此话，只有我能品出别样的风味，因为他们都不是那对扬中父子的听众。我在想，河豚并非扬中独有，可是，从今以后，河豚岛之外的河豚，我可吃得下？一句打油诗突然从脑海里鱼跃而出："扬中城里有扬中，河豚岛外无河豚。"

　　这样的句子，我必须自恋地认下。江边回眸，金灿灿的油菜花让河豚岛一枝独秀，而周边的镇江、扬州、常州、泰州反而成忠实的绿叶了。倒是一条横幅让我乐而开笑，上书：烟花三月下扬中。这就算不得扬中人的幽默了。人家李白夸扬州,你用得着沾那荤腥吗?又不是英雄气短,人家有人家的烟花,你家有你家的河豚嘛!他日再来河豚岛,谁要再拿"烟花三月"诱我,我用不着拿苏轼拼李白,用打油诗轻轻一挡就够了,除非你肩膀上扛的,不是一张嘴。

北上返乡,从老电询感受,我答:扬中城里有扬中,河豚岛外无河豚。

从老惊问:"妙!哪个朝代?何人所作?"

我答:"今朝,无名氏。"

诗情钱塘江

"曲尽船头谁执扇，水墨钱塘万卷山。"

看官，这诗好不好，唯独我是不好评价的。我甚至不能说清楚它与历代迁客骚人留在江南的诗词歌赋有什么联系，只是相信，那一定是作者真情实感一刹那的迸发。我从来不会盲从各路方家对一方山水的吟咏，只服从内心的审美。

这是那个叫秦岭的我，站在烟花三月的钱塘江边，随口的吟咏。沧海桑田，吴越不复。我不能像历代江南才子那样书童相伴，执扇画舫，品茗作赋，但我一定是带着与李白、王维、杜牧同样的心境到了这里。那一刻，桐庐、富江、淳安一带阴晴变幻，时而像烟雨蒙蒙的泼墨写意，时而像拨云见日的工笔白描。如天鹅般徜徉在江面的画舫，满载两岸油菜花沁人心脾的芬芳，以上中下游钱塘江、富春江、新安江、兰江的名义，给我传递着一个诗情画意的信息：君不见，一江春水，真当妙处！

写小说的我，就这样被江南山水弄成了半个诗人。在我眼里，从浙江的杭州湾到安徽的黄山地区，钱塘江就像一棵摇曳多姿的江南翠竹，而富春江、新安江、兰江等大大小小的支流仿佛钱塘江主干上的一节又一节，一枝又一枝，节节相通，枝枝呼应。同与不同，异与不异，无关区域图谱和地理诠释，只关乎大自然诗意的畅想。后悔的一点，是之前在杭州召开的关于钱塘江文化的座谈会上，我当着各路专家的面，抛出了一个现在看来有些单薄的观点：在中国丰厚的江河文化大观园里，钱塘江文化相对于北国黄河、渭河、塔里木河，显得面目不清，略显边缘。有些专家认可了我这一观点，现在看来，至少七成是江南人对我这个西北人的包容。我成长于渭水之畔的沟壑梁峁，老祖宗口授心传的文化秘籍，犹在耳畔：

"渭水边，伏羲爷一画开天，混沌初开，换了人间。"

"轩辕帝出关陇，东行，开中原，华夏始。东夷、南蛮渐变……"

"……"

恰恰，今年的第一场春雨，是在杭州的子夜感受到的，空气中隐隐传递着来自西湖特有的气息，当晚，就有两个朋友被这气息吸引了去，他们一定是去寻找早春西湖的表情吧。杭州的朋友告诉我，江南人把钱塘江谓之美女，西湖呢？那是美女头上的一枝花儿。而我文化思维的局限在于，每每提起江南，西湖必然主题先行、先入为主地控制了我的脑屏，钱塘江何也？姑且忽略不计。让一束花遮蔽了美女的容颜，让我这个被称作才子的男人，反思之下，折扇无语。没有钱塘，何有西湖？毗邻的阁楼上，传来金嗓子周璇的原声："浮云散，明月照人来……"与少年时听过的一模一样，而此番懂时，我，已到中年。像我这等比许官人还要傻几成的读书人，活该没有像白素贞一样修炼千年的多情女子看我几眼。这样的夜里，我幡然醒悟，我童年乃至少年时代的太早的文化记忆，原来多与钱塘有关的，秦腔剧目《白蛇传》《卧薪尝胆》几乎家喻户晓，陕甘秦腔名家马友仙的一曲"览不尽西湖景色秀，春情荡漾在心头……"，我吟唱至今。而元代先贤黄公望的《富春山居图》，让我少时就知道江南有个富春江。此番，舟行钱塘，直至富春江与兰江交汇处，我时时吟起的，竟也是秦腔中的江南。

这就是江南文化的魔力，它让偏居西北一隅的我，梦中，有个江南。

认识上何以有如此的反差？那是我忽视了八千里路云和月的今昔与过往。大河上下，不论上，还是下，唯有万古岁月传递给后人的那些包罗万象的、琳琅满目的人类文明的面目和质地，才是真的。纵是北国南国，纵是渭河钱塘，即便海枯石烂，万劫不复，而文明永远不灭，涛声依然如旧。无须感叹被西方称作祖师爷的中国，因何在五千年文明之后的今天，又不得不回头学习西方先进的东西。所谓河东河西，三十年一个模样，世事的造化，我辈岂能分得天南地北。面对江河，我们只不过是他的子孙。历史长河中，华夏文明始于西，成于中，胜于东。如今的东西部差距，何其大矣！江浙大地在某些领域的引领地位，你可以说是机遇，也可以说是注定，亦可以说是时势与环境，过程如流水，最终要看的，是它流出什么样子。

其中的秘籍，唯有叩问江河。

——卧薪尝胆，诞生在这里的一个普通成语，让我参透了江南人的脾性。就像，在柔情的江南，鲁迅的骨头，却是硬的。

像寻梦。七年前，我曾在与灵隐寺毗邻的中国作家创作基地休养，其时才子才女多人，终日读书、听琴、写作，抒情于钱塘的山水之间，也曾去绍兴感受王羲之的《兰亭序》、感受陆游的《钗头凤》和鲁迅笔下的"三味书屋"。而这次，心境全然不同。感觉是，与梦撞上了。在富阳的傍晚，东道主递上手机，却是一段录音，播放器里传出了一片蛙声。他说："惊蛰后，第一片蛙声，得录下来。昨晚上录的。"我惊了一下，立即想到了两个词：情怀，敏锐。江南为何多才子，有这样一片蛙声，还用再寻找答案吗？

"风烟俱净，天山共色。从流飘荡，任意东西。"古人的概括，今人总是难以企及。我想，一定与物质世界的我们未曾修炼到"结庐在人境"的心态有关，到我这里，真的不想啰唆钱塘江到底是怎么回事了，大凡具备人文情怀的诸君，凡读过《山海经》的，莫不了然于心。无非，长达六百六十八公里、流域面积达五点五六万平方公里的钱塘江是浙江省第一大河，孕育了源远流长的越文化；无非，钱塘江大潮是世界著名的大潮之一，古人所谓"钱塘一望浪波连，顷刻狂澜横眼前"，让我笔下再也难以重复钱塘的雄浑壮美。此番，我们溯流而上，又顺流而下。在三江交汇的梅城镇，我登上了岸边的古城墙。历史，就在那样一个江雾弥漫的正午，严严实实地包围了我们；在桐庐，我们登上了严子陵钓台，重温了当年"严陵问古"的感人故事，在这样一个追名逐利的物质世界，拜访严公，我内心的波澜，如山下的富春江，一桨下去，涟漪绵绵。于是乎，当我们走进被一望无际的油菜花环绕的龙门古镇凭吊三国故人孙权的时候，一时不知今夕何夕。遗憾的是，我没有去成"子胥渡"。伍子胥的命运，曾影响过我少年时代对历史的判断和认知，老人家为了躲避楚平王的追杀，四处逃难，最终，是富春江掩护了他。历史可以成全一段佳话，也可铸就一段悲剧。历史无论成与败，却让富春江不光是一条江了，它的每一滴水，都折射着记忆的魅力，流散着历史的光华，此岸与彼岸，让古人与今人面面相对，时空一瞬，历史和现实，都在这同一条船上。

"怀古桐庐江中月，犹照浮华半思量"。当然又是我的自吟自叹。以倒映富春江的明月为鉴，我在浮华中思量啥？唯有自问内心。我的内心，阴晴圆缺，遍布阳光，也充满沧桑。

一种陌生又熟悉的气场，源自富阳市庙山坞黄公望结庐处。这里青山交叠，翠竹如瀑，山溪潺潺，静鸟深鸣，一条弯弯的石子曲径，在竹影中忽近忽远，忽浅忽深。黄公望就是在这里隐居七年，创作了堪与《清明上河图》媲美的《富春山居图》，而《富春山居图》与作者一样多舛的命运，构成了中国绘画史里史外的几多传奇，其中到底蕴含了多少历史密码和文化流转，我不愿重复昨天的故事。要说的是，临出山，我从小径一旁被春草掩埋的枯枝腐叶中，随手捡了一根树枝。树枝一米多长，我不知道是何树种，也不知道它何时从树梢掉到大地，它的生命一定在古老之后，被哪个历史阶段的风吹落大地的，或者，被当下某一天的风挟裹到了大地。再有，说不定是被一只途经的鸟儿，压断而落，而那只傻傻的鸟儿，早已事不关己地飞到另一个世界……这里的残木腐土，一定见证了黄公望结庐处的历史，听惯了富春江水的快乐与呜咽。那一瞬间，我想到了我位于天津的书房，书房不大，位居海河之畔的原意大利租界区，与袁世凯、冯国璋旧居为邻，我的许多小说都是在那里写的。京城学界名士王彬谓之观海庐，此名至今沿用。同样一个庐，却是此庐彼庐，同样的江河，却是富春江与海河，同样的人间，却是北国与江南。

我毫不犹豫地把那根隐隐有些发潮的枝条带到了富阳宾馆。受行李容积所限，我忍痛把枝条拦腰折断，这才带到了天津，又用透明胶布悉心缠裹护理伤口，与一根来自新疆塔里木河畔的胡杨放在一起。那里，摆放着我从世界各地捡来的寻常之物，我的许多朋友喜好收藏奇珍古玩，而我的书房，多为一文不值的普通石头、羽毛、树枝什么的。我的雅，是那么普通。但你倘要用万贯美玉交易其中一个石头，我死活不肯的。

富春江与塔里木河在我的书房相见了，这样的意义，可能只属于我自己，别人不屑于分享。有学者来访，一番参悟之后，执意要拿走一颗石头，我只说："喝酒吧。"

下榻杭州、绍兴、桐庐、富阳的每一个夜里，我都要只身出门，把自己像古玩一样安放在一排竹林中，或者一个石凳上，静静地，吸一会儿香烟。在富阳的子夜，我在富春江边坐了足有一个小时，返回宾馆的时候，又一次登上空无一人的鹳山，拜谒了郁达夫故居前那个石头做的故人雕塑，我劝慰郁达夫："先生，是历史，让你死得诡异。但你不会有什么遗憾的，富春江和历史，已经成就了你。历史和当下，是不矛盾的。但我不知道，当下，将从怎样的路径，进入历史。"

郁达夫没有说话，我只好轻轻地说："再见。"

说是再见，但我却无法立即与这方水土告别，我惊讶地发现，钱塘江不光链接了我儿时有关江南文化的记忆，这里的许多碑文、文献居然与我的故乡陇上天水的人文信息有关。且不提诞生于天水的人文始祖伏羲女娲的创世之功给这里的大禹文化带来怎样的影响，唐代天水籍诗人李白的一首《梦游天姥吟留别》，让这里的天姥山名扬古今；唐代天水籍大儒权德舆在这里留下了名篇《早发杭州泛富春江寄陆三十一公佐》；明代时期曾任苏州知府的天水籍文宗胡缵宗，在江南大地留下了"海不扬波"等墨迹，并为唐伯虎题写墓碑……

"区区此人间，所向皆樊笼。唯应杯中物，醒醉为穷通……"是夜，我细细品味着权德舆留在富春江边的文字，一阵风过来，才知道自己也是喝了酒的。

官居要津之士，在经历了人间沧桑之后，面对一江春水，竟是这番的慨叹。何以窥得人间樊笼之小？我想，一定因了富春江之大。此大，何其之大啊！它像是一本书，把一页一页的世界折叠了起来，零山碎水，构成了万般的主题与段落。据载，当年谢灵运、李白、杜牧、孟浩然、范仲淹、陆游等一千多位先贤先后行舟江面，留下诗作两千多篇，此山此水，此文此人，此诗此歌，云蒸霞蔚，这是富春江何等的向心力！有心的地方，人人都要来的。

诗云："一盅世事钱塘浪，万里江河饮故乡。"这又是我的感悟了。

此行，我们是个团队。作别杭州的当天，我选择留下来。车站，我朝北归的朋友们挥一挥手。恐怕谁也不晓得，我到底要带走哪片云彩。

依稀太白是故园

初会太白山，一呼一吸间，像是阔别太久的一次重返。

过了渭水，司机说："太白山，一百个人有一百种印象。"一句凡俗之语，却暗藏了不少的追问：你的印象会是什么？我心中难免主题先行地在预设太白山的印象：会是秦岭终南山脉主峰高达三千七百七十一点二米的高度吗？会是古诗中"朝辞盛夏酷暑天，夜宿严冬伴雪眠。春花秋叶铺满路，四时原在一瞬间"的包容吗？会是道教三十六洞天之德元洞天的神示吗？会是峰峦叠嶂中那"十里一寺，五里一庙"的指引吗？……夜宿太白山下的汤峪镇，身子浸润在玉液琼浆般的温泉，两种感受却让我暗吃一惊：踏实，安然。

对于一个习惯了在大地上奔走的行者，此种感受，颇感意外。

没有关陇之外的任何一个去处，像太白山那样让我有置身故园的感觉。本是一次"百名作家走进太白山"的活动，泱泱百人，何其大观，但坐在同一饭桌上的，却是之前早已熟知的名震文坛的多位关中人杰。评论家李国平说："秦岭，你注定在我们这一桌。"一句注定，让我无意识地把蹩脚的普通话变成了陕甘话。短短两天，如影随形的不是平日里常见的京津同仁，而是来自关陇的师友。夜浴温泉回到宾馆，发现手机上诸多短信，均来自三秦大地的种种约定。我给陕西作协的掌门陈忠实打了电话："这次到太白山，感觉到家了。"

陈忠实说："你和别人不一样，到了太白山，不能装客人嘛。"

更像一次久违的探亲了！"日暮乡关何处是"。太白山的暮色，深重如秦腔的牌子曲，曲中弥散着羊肉泡馍和臊子面的色香。

咋会装客人呢？一实在，动力就被慵懒偷袭。就我的脾性，逢着名山奇峰，纵是积雪如盖，大雨滂沱，也要拼力攀登临顶望远的。这次冲锋的目标，毫无疑问是太白山的最高峰——拔仙台了。同行的各路文友无不摩拳擦掌，信誓旦旦。乘缆车，再往上，徒步攀登，太白万象愈加蔚为大观。稀有的冷杉林，在风雪中展示着独有的姿态。飞舞的雪花在稀薄的空气中像一只只挑战的眼睛——这是我今年见到的第一场雪。"太白积雪六月天"乃关中八景之一，果然名不虚传。眼看着到了一个叫天圆地方的去处，谁也不愿继续攀登了——我也不免落俗。眺望尚在云霄的拔仙台，慵懒抱紧了我的腿脚，这才发现我已经不是当年的那个我了。骨子里的挑战欲望，丝线般抽尽，一挽，成了故园端阳的荷包。

这种慵懒生动可爱，一如儿时那只习惯了在屋檐下享受日头的懒猫，让我们内心最随性、率真的部分释放了出来。半山的停车场，我们几个从天南海北走到一起的天水文友——王若冰、王族、苏敏和我，盘踞车内，用谝闲传的方式，恣意挥霍着长达两个多小时的宝贵时光。我们的话题过滤了历史和时代，聚焦故园的另一个世界，比如神，比如鬼，比如当下阴间鬼界老百姓的社会问题……说是村里不久前仙逝的某人，在关陇古道遇着本村历史上的早逝者，家常话必然是离不开的：

"都好着哩吧？"

"好着哩，刚去伏羲爷那里喝了一杯万年烧酒。"

"娃乖着哩吗？"

"乖着哩，请了家教，语文是姜子牙，体育是飞将军李广。"

"放心了！都是乡人，没麻达。"

……

那一刻，山鸣谷应，分明的蒹葭苍苍，分明的在水一方。

邻座的北京、广东、福建作家听得如入云里雾里，似懂非懂。他们用不着懂，就像我们的满嘴方言，既然方的，就没必要圆。一如拾阶上下，似乎不是为高度，而是为宽度，是父亲的脊背和胸膛才有的那种。

中午在半山腰就餐，方知陕西作家冯积岐在找我，他说："秦岭你多吃些小吃，回到天津，你就吃不到了。"分明是老家人的口气和爱怜。这老汉有大作，曰《村子》，早年是披览了的。——村子，我小说中无法绕开的文化元素。我告诉来自吉林的王双龙："我和你们东北人不一样，这次，我是进村了。"说这话的时候，是在汤峪镇的宾馆。窗外，炊烟袅袅，树桠枝上有野雀子"嘎嘎嘎"地扯家常。我饶有趣味地瞅着野雀子扇动尾翼的模样儿，似闻童年的陶埙、柳笛、鞭哨悠悠。这小家伙，一定是我家房后槐树上的那只吧，又见面了。

十年前在天津重返文坛时，一转身，让"秦岭"二字成为我的文化标识，如今看来真是无畏如牛犊。儿时在天水坐井观天，竟不知自己就是莽莽大秦岭臂弯里一个孩子。十八岁那阵第一次出门东行，至宝鸡，顺河谷南下，山势突然变得陡峭巍峨，顶天立地，生平第一次被秦岭震慑得目瞪口呆。后来移居华北平原，毫不犹豫地在自己作品题目下加注了"秦岭"二字——这次太白山之行，陡然一惊，原来二十多年前的那次行走，竟是懵懵懂懂地投进了太白山的怀抱。那个青涩的少年，是去接受太白山的醍醐灌顶吗？

初会原是重逢，记忆带着叮咚之音，像来自村口的老井。

关中自古人文荟萃，如今更是在华夏独领风骚。然而，太白山豁朗处一块巨大花岗岩影壁上镌刻的洋洋千言的《大秦岭》，却并非出自土著关中文人之手，作者是本次同行的故园诗者王若冰，在外人看来，必当是个有意思的文化事件。我想，其中的奥妙不光因为秦地天水是关中文化的重要渊源，也不光因为王若冰是首倡秦岭乃中华民族父亲山的关陇乡贤吧。在场的陇东诗人高凯朝我开玩笑："秦岭，这个《大秦岭》应该由你来写。"玩笑是开玄乎了，我权当高凯在抖开一种关系：太白山和故园之间，故园和太白山之间。

必然还要来的。故园诗人李白在唐代留下了这样的诗句："太白与我语，为我开天关。"

老大哥诗句中的"我"，当是故园的老老小小。

塔里木三章

一只蜥蜴

进入"死亡之海"塔克拉玛干，世界，像是一把火烧没了。

只有万古的太阳火炬高擎，大漠像是灰烬，成为太阳最大的战利品。通往塔中油田的沙漠公路拦腰束绑了这份庞大的战利品，像亘古未有的俘获。司机是位维吾尔族大哥，他告诉我，这里地表温度最高达七十度，昼夜温差达四十度以上。大概连太阳也不会想到，沙漠之上可作参照的，除了自己，还有一类直立行走的动物，他们有一个专有名词：石油人。

无人区——石油人，构成一个矛盾的概念。矛盾，永远是对立的。

偏偏就撞上了另外一个物种，你会想到是蜥蜴吗？

这是在塔中油田的南缘。一只蜥蜴像是从地球上冒出来，瞬间打乱了我们对大漠的思维阵脚。与内陆的蜥蜴比，它实在太小，肌肤与沙砾同色，像沙漠公路两侧的骆驼刺、沙拐柳、红柳幻化而成的精灵。稍不留意，你不会认为有一种运动的沙砾其实就是蜥蜴。它身手敏捷，在身后细绵的沙漠上留下一道道生命的轨迹。如书法家一笔下去，水潭里顿生一丝丝、一抹抹奇异瑰丽的云岚。如果不是循着这种轨迹，我会疏忽一种源头：生命。蜥蜴直奔我们丢弃的西瓜皮儿。

"唉！生活在这鬼地方，真是个小可怜。"有人感慨。

是小可怜吗？小小的蜥蜴，却让太阳和大漠的狰狞与狂妄，彻底失败。

唯一见到的所谓绿洲，其实是钻塔耸立的塔中油田。现代化的作业区和生活区，被高高的白杨树和婆娑的红柳环绕，像一个内陆常见的工业小镇。这里已建成七个油田区块、一百二十一口生产井以及十四座集输和处理场站，有近百名职工从事石油生产。风从沙丘上漫过，音乐、歌声和机器的轰鸣声从油田那边传来，断断续续，零零碎碎。在茫茫大漠里，那只是一隅，或者，一个小点，最后，你完全可以忽略塔中油田的存在，老远望去，它只有寸许，像一只小小的蜥蜴。

再远去一些，回首，塔中油田由影影绰绰变得似有似无，最后，不见了，它是沙砾中最微小的一粒。

陪同我们的库尔勒作家李佩红给我们介绍，这里的石油工人已经是第三代、第四代了。有的来自东北丰饶的黑土地，有的来自江南水乡。他们认准了石油，于是义无反顾；他们认准了大漠，于是义无反顾；他们认准了属于自己的一条路，于是义无反顾。

蜥蜴如果不是认准了什么，它会选择沙漠吗？

某一年，有位老一代石油人返回上海探亲，原计划好好与亲人聚个一年半载，美美享受黄浦江畔的诗情画意。可是，老人惊讶地发现，他已经不习惯大都市的车水马龙和灯红酒绿，难以适应钢筋丛林构筑的现代生活。不到一周，依然要求返回库尔勒，返回塔里木。

上海的亲人无法理解他："沙漠的日子，把您变了。"

他说："感觉上海已经不是我的了，我也不是上海的了。沙漠无路可走，但有我的路。"

夜宿古龟兹国所在地的库车县，外出漫步，我与一位懂汉语的维吾尔族大哥聊起这件事，他说："这有啥奇怪的，老人如果带一只沙漠的蜥蜴去，准死。"

回到天津家里，楼外的墙壁上爬满壁虎——这是蜥蜴的一种。它们要比我在沙漠里见到的蜥蜴大好几倍。它们轻盈地捕捉飞虫，像一种生命的游戏，身后却干干净净，没有一丝一毫的痕迹。

一位大娘正在熟练地做煎饼果子，蓝色的火焰来自脚下硕大的燃气罐儿。开关被大娘旋到了极限，火焰奔腾着，像大漠上的蜥蜴，在环绕着一块西瓜皮手舞足蹈。

我问："您知道这燃气是从哪里来的吗？"

大娘怔住了。我的追问没有继续。

一只母狼

狼的天敌，是狗。

小时候，老家甘肃的乡村，多半人家里养狗。即便如此，常有圈养的羊被狼叼了去。狼善于声东击西，往往是一只狼把狗引出村，大股的狼再趁虚而入。它们也有败露的时候，撤退不及，会被群狗撕咬得粉身碎骨。

位于克孜尔乡境内的一位石油人告诉我："空洞的说教面对大漠戈壁，只不过是一张白纸。在这里当个石油人，能洞晓不少天机。"

对这样的夸饰之言，我当然不以为然。我自认为深谙哲学，比如，我发现这里的天太像天，这里地却不像地，一时引发了我对自然法则的诸多思考。

这里的绝大部分地区与世隔绝。怪异、嶙峋、恐怖的山形地貌，让魔鬼城的传说贴近了现实。这里是我国目前发现的最大的天然气整装气田，西气东输的主源头——克拉二气田就在这里，钻井工程一直深入到几千米以下的白垩纪地层。气田含气面积四十七平方公里，天然气储量二千五百零六点一亿立方米，可连续开采五十年。工程的实施，从根本上改变了中国能源消耗结构。长达四千公里的输气管道途径甘肃、陕西、河南、安徽、江苏、上海等多个省市。输送到长江三角洲的天然气，相当于替代了两千多万吨标准煤，减少了一百多万吨有害物的排放……

乍一听，似乎像天上掉下的馅饼。

"这里是我们真正的前线。"石油人说。什么叫前线？打仗的地方。枪林弹雨，冲锋陷阵；不是你死，就是我活。一个叫"健人沟"的地方，就是用石油人中死难者的名字命名的。

"出了石油作业区，你们每经过一寸土地，说不定就是第一位踏上这片土地的人。"

这让我想到了布满环形山的月球。很可惜，我与美丽的嫦娥无关。设身处地，莫名地悲壮，我的大漠之行，难道是一段不和谐的传说吗？

我骨子里有挑战的基因。黎明，我踩着第一缕晨曦，斗胆钻进魔鬼城晨练。这里的地形瞬息万变，让人眼花缭乱。脚下的砂岩虚虚实实，一不小心就踩出一个一尺深的大坑。"一个人不能轻易进去，如果是阴天，没有太阳当参照，几十米外就能让一个人迷失方向。逢着风沙天气，一抬脚，那就是另一个世界。"我全然忘却了石油人对我的告诫。在距离作业区不远的管理区，我见到了几条警犬：高大，剽悍，健硕，威猛。

　　据说这是纯种的德国货，我却本能地想到了狼——狗的对立面。

　　当生命成为彼此的禁区，当弱肉强食成为生物界残酷的法则，当我们的社会因为利益而存在颠扑不破的敌我矛盾，当这个世界无时无处不在的对立面让统一成为一种奢侈。狼与狗，很容易让我洞晓这个社会的某种关系。有趣的联想，让我情不自禁地乐而开笑。

　　"我们养这些警犬，倒不是防狼。沙漠戈壁上的狼可怕，只能退避三舍。这些警犬，主要是为了防备恐怖袭击。一旦发生不测，大半个中国的燃气，就瞬间断了供应，后果可想而知。"石油人告诉我。

　　然而，光天化日之下，狼还是来过了。是一只母狼。

　　敏锐的警犬狂吠了起来，这是一种罕见的狂吠。它们一定在训练中与各种狼有过种种的搏斗，并撕裂狼的躯体，把它们的血肉吃得一点不剩。天性和本能，让它们的狂吠充满一股严霜般的燥气和灼热的杀气。

　　据说那是一只瘦骨嶙峋大漠母狼，从它的骨架子不难判断，它曾经拥有过肌肉的饱满和性情的锐利。它如今变得饱经风霜，像一位绝望的母亲。狼的出现，让那天正在作业的石油人大吃一惊。没有一个人提议对母狼进行攻击——曾经，一只蚊子潇洒大方地叮了石油人的胳膊，石油人并没有拍死这个小玩意儿。在这个鬼不下蛋的地方，多一个生命，终归比少一个生命好——在几十双石油人目光的注视下，这只母狼从魔鬼城里缓慢地走出来，走出来，穿过戈壁公路，旁若无人地靠近了一个地方——天哪！石油人们看傻了。

　　母狼的方向是明确的，它正朝警犬靠近。几只警犬的眼睛一眨也不眨地紧盯着它们与生俱来的天敌。石油人纳闷：难道，这是母狼慷慨赴死的一种方式？

　　警犬的狂吠戛然而止，空气像紧绷的弓弦，一触，即万箭穿心。

母狼走进了狗群。警犬自觉地给母狼让开了道儿。母狼径直靠近警犬的食槽，先是尝了一口，回头扫视了一眼警犬们莫可名状的目光，然后贪婪地吃起来。吃饱了，母狼欲转身离开，警犬们再次闪开了道儿。母狼站在魔鬼城的高处，朝上苍发出一生中最为壮观的嗥叫：呜哇——哇呜——

　　长达一个月内，母狼几乎天天都要来。每次，都相安无事。

　　一个月后，母狼无缘无故地消失了。警犬们显得狂躁不安，情绪不稳，狂吠了好几天。谁都无法解释母狼为什么无缘无故地来，又无缘无故地去。一连好几天，石油人傻傻地注视着魔鬼城——那个母狼经常现身的地方。他们无缘无故地盼望着，盼望着，像盼望一个风和日丽的季节。

　　回到天津，我把这个故事讲给一位德高望重的学者听。学者说："这是传说吧，你小子哄谁呢？"

　　我只好重新开讲：在一个遥远的地方，有一只母狼……

　　学者笑了："你小子才四十多岁，是不是在给孙子讲童话啊！"

　　我戛然而止。我知道，我不是爷爷，对方也不是孙子。

一只老猫

　　满天星斗，大漠黄沙。时空在这里是另一种样子。

　　在位于塔里木盆地"锅底儿"的塔中油田，视野里是一种和我类似的动物，他们统一着装，上下火红——"我们是特种人"。石油人说。

　　早上晨练，我选择了作业区前面一条笔直的公路。据说，在沙漠上修这样一段像模像样的公路，成本是内地的几十倍。公路两旁的白杨树和红柳丛中，到处可闻"咕咕咕"的流水声，那是成千上万个水龙头，一刻不停地给这些生命提供最基本的营养——这只是漫漫五百二十二公里塔里木沙漠公路的一个小小缩影。塔里木沙漠公路是目前世界流动性沙漠中最长的等级公路，它像一根漫长的医用氧气管，让一个气若游丝的躯体，有了生命的律动。

　　"一旦断水，这些植物几天内就会成为木乃伊。"石油人告诉我。

　　新一轮太阳尚未洗劫大漠，昏暗的公路上仅我一人，以自己的方式行走。然而，总有一个影子跟着我，黑魆魆的。它不是我自己的影子，像鬼！

我走，它也走；我停，它也停。我心悬一线。定睛观察，这个家伙大脑袋，身子瘦长，毛发稀疏，四条腿夸张地支撑着略显窄瘪的身子。它会是什么呢？像小狗吧？不像；像狼崽吧，也不是；像狐狸吧，更不可能。我以人类最基本的常识判断：它在伺机攻击我？

我车转身，握紧的拳头蓄满了杀伤力。我辨不清对方的目光，但作为动物的直觉，它一定感受到了我眼中的警惕、设防和尖锐。在我的逼视下，它轻轻摇了一下脑袋，腰肩一摆，转身离去。

"其实它是我们饲养的一只猫。"石油人说，"在它眼里，人类都穿着红色工作服的。你们穿着西装革履，它是把你当稀罕物种呢。"这是一只从几百里外的库尔勒孔雀河畔带来的猫。同一窝猫，留在库尔勒的猫长得硕壮健美，而进了塔中的这只，却长成了四不像，据说与这里的水土有直接的关系。但它机灵、聪明、敏锐、善良，是石油人的开心宝贝。

一只没有谈过恋爱的猫，注定不会有儿子，不会有孙子。它安详地生活在塔中油田的边边角角，让某个空间有了一种可视的存在。存在与不存在，是致命的现实逻辑。一只猫，足以构成塔中石油人眼里的动物世界。

"四不像的，岂止一只老猫啊！"一位石油人感慨。

塔中石油人的家大都在库尔勒。按规定，丈夫们每工作一段时期，就有返回库尔勒与妻儿共享天伦之乐的机会，但有些丈夫们宁可选择待在油田。他们怕回家，怕被当作客人，而不是妻子的丈夫，孩子的爸爸，父母的儿子，岳父母的女婿……男人每返回库尔勒一次，工作繁重的妻子千方百计陪伴丈夫、两边的父母舍弃一切迎来送往、天真烂漫的儿子贪恋父亲而疏于学习……某个分别的夜晚，妻子潸然泪下："你，还……还不如不来……"

"你说说，我们石油人像啥？"石油人问我。

"……"我知道意思了，但我没敢说出来：像……那只猫。

在克拉二气田，我注意到了一个细节，每当我对着险峰怪岩随口吟出一个具象层面的名称，他们会立即在本子上记录下来，这让我警惕中多了审美的审慎与变通，我让表征酷似鬼门关、骷髅寨、血盆屿、狼牙谷、断魂坡的地貌，脱口变成了南天门、雄鸡岭、美人浴、金银塘、蓬莱阁……

石油人对我的记录，是另一种追问，就像我面对那只老猫。

同样是在克拉二气田，石油人带我游"西湖"。他们在魔鬼城一隅修筑了彼此相连的三个小坝，然后把经过工业处理的生活污水排放到这里，逐坝进行自然过滤。在堤坝周围遍植从库车、轮台一带运来芦苇及水草。我来这里的那天，三个小坝碧波荡漾，蓝天白云倒映其中。修长的芦苇，摇曳出一种别样的风情。各种野鸭、水鸟卿卿我我，自由嬉戏。小坝把大自然丰富、饱满的一面发挥得淋漓尽致。石油人捧着饭盒蹲在这里就餐，会有这样的对话：

"哈，又多了一只野鸭。"

"一定是从千里路上飞来的，它哪里去不行，偏要奔咱来。"

"我的影子在水里呢。"

"一个人，变成了两个人。"

……

塔中一定也有这样的"西湖"。我只是没有见到。我只看到那只老猫。我们离开塔中油田的时候，那只猫从红柳丛中蹿出来。

老猫只是"喵唔"地叫了一声，又叫了一声。

老猫就那样蹲在沙丘上，一动也不动。

金果的味道

那年的巴黎之夜，主人端上来的一盘苹果。轻尝，颇多回味，妙不可言，便认定此味只属于异国他乡，可主人却用法语说："这种叫金果的苹果，来自中国平凉。"满座一时哗然。

其实位居六盘山东麓的平凉距我的老家天水并不远。三十多年前，我曾有过一次去平凉的华亭煤矿拉煤的经历，"六盘山上高峰""关山度若飞"的迥异确是领略了的，但压根儿就没有见到一颗什么金果。幸而从天水带了几个苹果去，稍慰跋涉之渴困。目击之处，黄土裸露，庄稼惨淡，土坯茅草房稀稀疏疏，与传说中的所谓"陇上旱码头"、古"丝绸之路"重镇、"西出长安第一城"大相径庭，如今突然冒出一种名扬海外的金果来，这样的脱胎换骨经历了怎样浴火重生般的华丽转身，不免让人好奇。

有一年，平凉方面委托我代邀京城文化名流造访，我给从维熙、崔道怡等文坛前辈卖了这样的关子："一起去吧，那里有金果。"初以为，金果谓之"金"，该与陕甘宁交汇几何中心的"金三角"有关吧，或者，完全为了图个金字招牌。可是重返平凉，现实完全颠覆了我的偏见和记忆。

从平凉的崆峒、泾川、崇信、华亭、静宁、庄浪、灵台诸区县一路走来，昔日的塬峁丘壑、古道旱川早已被苍翠的绿色轻揽重抱，一望无垠的青波绿浪时而像飞瀑直挂梁峁，时而像大江奔流谷峪，时而又像湖泊蓄满平川。近前看时，红色的苹果垂垂累累，锃亮如釉，浓郁的果香在初秋的风中久弥不散。这是一种完全久违的味道，这种味道与记忆中的平凉无关，却与现场的平凉有关。它似乎在用一种难以言喻的力量，以金丝般的坚韧和晶亮把记忆和现实缜密地缝接起来了。

平凉人说："金果的味道，就是崆峒山的味道，云崖寺的味道。"这一山一寺，皆驰名中外的平凉名胜，平凉人显然是为了证明人文历史和时代之间那种一脉相承的联系，就像一棵树，树上纵有果子万千，而根，永远唯一。

后来的几天，大家前往中国针灸学鼻祖皇甫谧、"嘉靖八才子"之一的赵时春故地采风。平凉人再叹："老先人们如果能尝到金果的味道，就好了。"

"也许，先人们每天都在品尝这种味道哩。"我这样回应。

回到我生活的天津，我把重返平凉的感受讲给在津的平凉籍友人李杰听，他说出了这样的话："平凉的味道，终于回归了。"意思似乎是，金果本该就是平凉的味道，而平凉的味道，只是经历了一番岁月之后，重新回到了前台。

这让我想到了早在四十多年前就被誉为"梯田王国"的庄浪，如今的梯田又变成了金果田，假如，那层层梯田是一双双凤眼，它们在看谁？是一张张芳唇，它们在告诉你什么？也是巧了，那年平凉金果博览会借助对口帮扶的平台移师津门，筹委会负责人王奋彦告诉我，金果从无到有，从小到大，从弱到强，已成为全甘肃最大的优质苹果生产和出口创汇基地。有几个名头，似乎在证明这种意义，譬如，金果不仅被中国绿色食品发展中心授予"中华名果"，还获得全国第一个苹果类证明商标。金果的味道，由此悄然提升了平凉整个果蔬业的品格、风度和姿态，让平凉一举跻身"中国果菜无公害十强市"行列。为了这一天，平凉人整整打拼了三十年。

有位诗人兴口吟来："此一味分百味，百味合一味是也！"怎分怎合？纵有千般妙句，岂能解它得开？那晚，我用金果招待几个天津朋友，思绪却无由地重返那个巴黎之夜。金果仍然是金果，而个中滋味，岂止果香一缕，一缕果香呢！

香，是用来回味的。也是那年吧，忘了是在静宁还是庄浪，一位四五岁的农家小姑娘捧上一个硕大的金果，说了三句话，每句却只有两个字："你吃。你吃。你吃。"小姑娘金子一样的表情纯净而专注，一双小手像是捧着整个的金秋，或者，捧着关陇大地金子般的民谣。从维熙先生大受感动，把小姑娘抱起来。"咔嚓"，记者赶紧按下了相机快门。几年过去，我终于为这张珍贵的照片取了个名字：金果。

我后来有部影片选择在平凉拍摄。那天，我站在六盘山顶吼了一曲关陇花儿《上去了高山望平川》。那山，那川，那人，所有的味道，尽在一呼一吸之间了。

大地的血管

人类的智慧，好像还无法测知一个人全身的血管到底有多长。

但这条主动脉却即将要诞生了：九十八点三公里。这还不包括它导入病躯后必将链接的蛛网一样的、累计超过两百公里的毛细血管。这生命之血，要输往哪里？

古老渭河的岌岌可危和频频断流，早已使关中大地的躯体因高度贫血而羸弱不堪。终于，这一代的秦人们汇聚了方方面面的科研力量和民间智慧，动员成千上万的人力和几百亿的财力，试图花七八年的时间，以输血的方式编织一片水网，让关中返老还童，浴火重生。具体构想是：从长江最大的支流汉江调水十五亿立方米，洞穿秦岭山脉引入黄河最大的支流——渭河。

所谓引汉济渭，与其说是解大地之危，毋宁说引汉济人。

在西安，一位据说是亿万富翁的老板给我感慨的时候，他正端起脸盆，像古老的卖油翁一样，把洗过头的水轻轻注入一个塑料桶里。"这水，还可用来冲马桶。"与身份极不相称的细节，让我怦然心动。

一滴水，在关中汉子这里获得了尊严。

关中大地，历史上曾经河道遍布，水网如织。稻花飘香的渭河两岸，豪放的秦腔、老腔、眉户与陕西特色的渔歌、民谣交汇在一起，构成了古老而又独特的关中风情。有一种说法，所谓天府之国的美誉，最早不是针对四川而是针对关中的。而今，一度名扬海内外的"八水绕长安"壮景，反而疑似一个杜撰的、干涩的传说。关中人至今记得旱魔长驱直入的一九九五年：大地龟裂，小麦绝收。西安、咸阳等十多个城市的不少企业因工业用水不足而被迫停产。"娃儿，你要记着，妈妈，是因水而死的。"这是渭北高原一位因长期饮用苦咸水导致百病缠成的农妇自杀前的遗言。

年轻的母亲死了，一方水土的死亡，还会远吗？

假设——有一天古城西安、咸阳、宝鸡、潼关齐刷刷从地球上消失并成为未来人们凭吊的古人类遗址……因这个假设而骂我的人，一定不会明白，在岁月中消失殆尽的楼兰、北庭、龟兹、高昌、米兰、且末、尼雅、庞贝、亚特兰蒂斯等古城，那种死亡的气息和幻灭的景象，距离我们是近还是远。

火把，燃烧的火把。亢奋或羸弱的火把像火龙一样在山川蜿蜒喘息。这是关中父老乡亲求雨、祭天、拜水龙王的场面。成千上万的民众跪倒在地，干裂的嘴唇亲吻大地。也许，那尊贵的一吻，楼兰最懂，亚特兰蒂斯最懂。

古人云："民以食为天。"今人又延伸了一步："食以水为先。"公元二〇一四年，传说中的引汉济渭工程终于上马。这是怎样的现场呢？从秦岭北麓的周至县到秦岭南麓的洋县，成千上万的施工人员在几百公里的崇山峻岭中，开辟了大大小小上百个战场：开山、筑路、打洞、架桥、拆迁、重建……当生存与渴望、抗争与悲壮构成了人类命运的交响曲，当改造与维护、攻克与重铸构成了人类突围与环保的人性乐章，沉睡了几十亿年的大山仿佛睁开了惺忪而又期待的眼睛，苍茫的原始森林敞开怀抱接纳了这些戴着头盔的不速之客，各种奇珍异兽好奇地打量着由挖掘机、卷扬机、钻探机、运输车构成的钢铁洪流……

这地球的一隅，喧嚣着，战栗着，亢奋着，期待着。

一位刚刚走出隧洞的民工，急不可耐地摘下头盔，扬头就吼："山丹丹的那个开花哟，红艳艳——"

谁能告诉我，证明这种红色的除了血，还有什么？

当多年以后，发生在这里的一切故事尘埃落定，汉水，这条比长江、黄河的诞生还要早七亿年的古老血脉，这个曾孕育过牛郎织女、嫦娥奔月的神话温床，从此将梅开二度，一枝各表：一者，继续汇入滚滚长江东逝水；另一者，北上投入黄河的怀抱，奔流到海不复回。

我先后靠近了位于汉江中游的黄金峡水利枢纽和位于汉江支流——子午河下游的三河口水利枢纽工地，走进了位于秦岭主脊段的一号洞、三号洞。工程师告诉我，输水隧洞分两大部分进行施工，其中四十二点七公里采用钻爆法施工，主脊段三十九点一公里采用世界最先进的 TMB 掘进机施工，沿线布设十条支洞。主洞加上支洞，超过一百二十公里，其中隧洞的最大埋深达二千零一十二米，均位居世界第二，而施工的综合难度位居世界第一，这还不包括超长隧洞面临的长距离通风、涌水、岩爆、高温、地热等世界级难题。"常言道'一桥飞架南北'，我们这叫'一洞卧底南北'。"工程师说，"一旦竣工，可与老祖宗在四川建设的都江堰、在广西建设的灵渠媲美，因为它史无前例。"

我进入隧洞纵深的方式，是乘坐施工专用大巴。从支洞到主洞直至秦岭山脉的心脏，整整行驶了半个多小时。这是施工人员一寸、一寸、又一寸"抠"出来的世界：潮湿、阴暗，各种机械的轰鸣声震耳欲聋，与洞外构成了两重天。洞壁犬牙交错，洞底遍地泥泞。山体涌水形成的溪流、深潭随处可见。"咔嚓——哗啦——哐——"一种怪异、恐怖的声音不绝入耳，随之而来是飞瀑一样的碎末，从护网中筛下来，袈裟一样罩在了我们身上。

"这就是人们谈虎色变的岩爆。"技术员告诉我。

"尽管防护技术先进了，减少了岩爆造成的伤害，但是，岩爆状态下的施工，仍然是生命与死神的博弈。"技术员介绍情况的时候，表情像沙场上的墓碑。"我们每个人，都是带着祈祷进入隧洞的。"

无语，只剩下紧张的呼吸。那一刻，洞外，半个世纪以来修建的铁路、公路正在承载着现代交通工具，把南来北往的人类送往目的地。凡是选择火车、汽车南下川、云、贵或者北上陕、甘、豫的人，每穿越某个隧洞、跨越某段桥梁，一定能看到窗外的一片片坟茔。每一个坟茔的下面，都长眠着一个曾经生龙活虎的建设者，他们一定是某位妈妈的孩子，某位妻子的丈夫，某位少女的心上人……

"这个，你拿走吧！"同行的靳兄随手从头顶的护网里掏出一块石头。

其实是一块岩爆形成的石头碎片，巴掌那么大。

"它是石头，也是命。可是，为了我们的生存，它离开了大山。"

在人迹罕至的黄金峡，我久久在河滩伫立。这里将成为未来一百多米以下的水底世界，将有四个乡镇、九十八公里等级公路、十一座桥梁被淹没，一万多户农民搬迁异乡。这是一个生存的逻辑：为了活着，或者，活得更好。

最终能够诠释生命秘籍的，其实是人与自然。

那一刻，秦岭南麓的日头已经很毒，开工前的汉江水一如既往地蜿蜒东流，被山洪冲到河滩的各种树木、橡子和羚羊、狼、狐狸的尸体，无声地演绎着大自然的变数和生命的无常。有一只狐狸，它显然死去很久，但美丽的双眼依然睁着，它有一身棕色的被毛，与耳梢、尾梢的纯白构成一幅悲壮的图画。它多么像我的获奖小说《女人和狐狸的一个上午》中的那只狐狸啊！不同的是，我笔下的狐狸因干旱而死。我从乱石堆里搂了一团淤积的衰草，抖开来，轻轻苫住了它的尸体和容颜……

你会认为这是我的矫情吗？料想你没这个胆，你一定知道你体内百分之六十八以上的东西，不是金与银，而是水。你躯体里遍布的水网一如大地上的河流和小溪。当你把一杯水一饮而尽，大自然的血已经在你体内浩浩荡荡。

离开西安那天，偶然看到一位女士正在指责小保姆："三令五申，你就是不听，你保留洗衣服的脏水干吗？咱缺这点水钱吗？"

我问她："您知道引汉济渭吗？"

"你说啥？是新到的美国大片吗？"

我想说是，也想说不是，但最终啥也没说。在她眼里，我一定个不及格的学生，或者，是不经意的一滴水。

飞机把我送到了万米高空。俯瞰大地，黄昏中的秦岭山脉像一根长长的扁担，一头挑着汉水，一头挑着渭河。撒落在崇山峻岭中的几十处忽明忽暗的光亮，一定就是施工现场了。光亮静止着，也奔跑着，像一个个求雨、祭天、拜水的火把。

那是大地充血的表情，一如吼秦腔时面色如枣的陕西冷娃。

第
二
辑

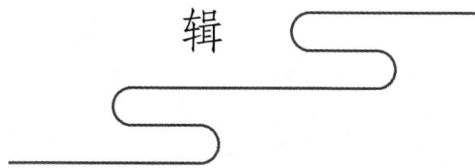

对一个花盆的守望

楼上那个花盆，至今没有芽儿冒出来，心里好生期盼。

它可是我最喜欢的花——山丹丹的家园，我敢肯定，偌大的天津城，山丹丹当属我家独有。——山丹丹开花红艳艳，大多数人只是把它当成一首歌的，无求与它相识、相知、相伴，因为它是属于田园、属于西部的。我把它移栽到天津来，是在前年。花盆是前年在北宁公园的花市精心挑选的，花根却是从西北的山坡上采得。去年山丹丹开得极好，如火苗，似红霞，如红绸，多艳啊！艳得清凉、水灵、逼真、生动，花期也很长。去年六月中旬，我从欧洲归来，花儿还依恋地伴我一个多月，不忍离我谢去，常有北京、天津的朋友特意前来观看、拍照，我从朋友们的脸上看到了艳羡和惊讶，这一切，源于山丹丹花独特、超然、飘逸的美丽。

难忘的是去年仲夏之夜，我在楼台的电脑前敲小说。一支烟，一把扇，一杯茶，一撮麻籽儿。月儿挂在星空，十几朵山丹丹花儿就在身边从容而愉快地绽放着，清风徐来，送来一抹沁人心脾的、只有山间田园才有的芬芳，那感觉于我，俨然蓬莱一仙，何似人间！

往年这时，它早该破土了。而现在，花盆里一片寂静。我的心不免悬了起来，悬得老高老高……

我在深深地自责，一个漫漫的冬天，我是否对它照顾不周？譬如水浇得是否过了、欠了？土松得是否早了、晚了？最让我后悔的是，正因为去年它的成活率出人意料地轻松，几乎是在不经意间进入了花季，因此去冬和今春对它的呵护的确有些随意和懈怠。曾经一度，花盆在楼上书房的一个小屋里无人问津，加上暖气极好，土层干燥得都要上火了。我紧张得有些窒息，赶紧用水浇了，心里默默地表示歉意，却是无颜乞求它的宽恕。东部西部，天壤之别，人都有水土不服者，何况一物也哉！从那以后，我几乎每天都要到楼上的那间小屋去，每当此，我温热的目光，像春天的细雨一样飘洒在土层上，我能感觉到，土层下山丹丹的根系，正在发出轻柔的呼吸，脉搏正在有规律地跳动。我还能感觉到，我们是在对视，圆圆的花盆大张着眼睛，有一种默契，已经像花儿一样，在心房里弥漫……也许，这一切只不过是我一厢情愿的梦幻，太久太久沉默的花盆，至今没有一点生命的气息，与满屋盎然的春意颇不协调。家里其实早就被我布置成一个花园了，楼上楼下的绿萝在吐绿、琴叶梅在返青、令箭花在发新枝，它们都是常绿高秆植物，一年四季都能感受到春深春浅，丹青妙绿，唯独这个花盆……山丹丹可是跨过了三千里路云和月才到我家的啊！一路上汽车—火车；火车—汽车；黄土高原—渤海湾……

在我看来，如果山丹丹花儿不开，这个春天还会有鲜活的灵魂吗？

今夜，我照旧在楼台上敲着电脑，树梢上的月亮像灯笼一样挂着，月光和我的台灯交相辉映，电脑显示器上点缀着漫天的繁星，我的目光一次又一次地聚焦在楼台边上的铁栅栏上——那是花盆，安静的花盆，无声无息的花盆，让我牵肠挂肚的花盆，它像是睡着了，也许，再也不会醒过来……我能感觉到一抹清清浅浅的水汽和潮意，一如男人眼睑里躲藏着的咸味儿。那，只不过是我浇在花盆里的悔过之水。

只有一线的希望了，也许是自我安慰——尽管时令乃夏，天津实际上仍是深春，一些晚出土的苗儿确曾休眠于土壤的锦裘暖被之下，何况，今年天津的春天似乎比往年来得晚一些。据此，今年的山丹丹，是否在迎合着气候的变换呢？果若如此的话，我心里难道就一定能够释然？

突然就有了一个决定，今年，我要把山丹丹破土、发枝、成蕾、开花、结果的全过程拍摄下来，并把照片贴在我的博客上，不仅仅是为了一种情结，也不是为了单纯纪录一段生命的美丽。我想用我的心情，定格一份期冀，一份相守，一段时光。

昨天给花盆拍照的时候，楼下的泡桐树也开花了，紫红色的花儿满树满树的，煞是迷人。前方的中山公园更是繁花似锦，绿树成荫。我真的不想让这片春色和花事与花盆一起进入镜头，于是特意把花盆挪进阳台，等早晨的第一缕阳光洒进屋子的时候，这才慎重地按下了快门。

目前，它只是一个花盆。

我就要这个花盆，不管有无生命的光芒。

没有什么深奥的思想，也没有什么崇高的寄托，就想守候一个花盆，梦一样地等待，等待一朵花儿的绽放。

叫一声老汉你快回来

——痛悼《白鹿原》作者陈忠实

真格的！如一声悲怆的华阴老腔，从古城西安滚滚而来，在二〇一六年四月二十九日的早晨击疼了天津的我：写《白鹿原》的老汉走了。我真想站在"走头头的骡子三盏盏灯"的崖畔大吼：叫一声老汉你快回来。可老汉你，这一去，不再回来。

早有预感，但噩耗仍然使我的泪水像渭北谷地的泥石流，糊了满脸。明知阴阳两重天，我仍偏执地给老汉打了电话。那边没有任何反应，我恍惚自问："难道，是打给白嘉轩了吗？是打给黑娃和小娥了吗？"多家媒体采访我心目中的老汉，我回应了六个字：慈悲，良心，情怀。这样的话，说给活着的他该多好啊！可是，在死神对他生拉硬拽近一年的日子里，我几次均未能启程。如今还能说个啥嘛？论理由，那只是我们内心的世俗和轻飘。

十年了，和老汉在北京、在陕西、在甘肃相处的日子，像岁月的残片，硌得我那个疼！初识老汉，是在甘肃老家的一个文学座谈会上。老汉看到嘉宾名单里有我的名字，却不见我的人影儿，就问左右："我那个陕西乡党秦岭在哪里？我在《小说月报》上看过他的《碎裂在 2005 年的瓦片》。"一句话，至少包含了两个信息：其一，老汉对我的创作比较关注，其二，老汉误以为我是陕西乡党。在文坛，我这个旅居天津的甘肃人居然意外分享着一位文学大家对文学晚辈的舐犊之情，分享着陕西作为中国文学重镇对游子们的护佑和关心。在大家的起哄中，我赶紧上前问安，并做了解释。老汉乐而开笑："陕甘一家嘛！你有好小说一定要寄我，我喜欢你那个味儿。"我那时已经出版过几本小说集，但思前想后，始终没好意思拿出手，多年后，只寄给老汉一本刊有短篇《杀威棒》的《小说选刊》杂志，老汉好生感慨："很多作家恨不得把所有的作品都寄给我，可你却只寄来一个短篇，你脑子清醒。"这才晓得，这篇小说老汉也已看过。不久，老汉给我寄来了一套三卷本传统线装宣纸珍藏版的《白鹿原》，附信曰："秦岭小友：有才华的人很多，有眼光的人很少，相信你能二者兼备。"多年来我反复品味《白鹿原》的价值和意义，总会冒出一个词：眼光。眼和光，就两个方块字，却如醍醐灌顶，鏊笼盛不了，麦场码不下，让我对自己小说创作的反思与回味，如羊肚子手巾三道道蓝，如东山上点灯西山上明。

　　"老汉娃娃没大小"。一句西北老话，道出了我们忘年交的质地。二〇〇八年秋，《文学界》杂志的易清华组织"陈忠实、蒋子龙、张贤亮"专辑时，委托我两个任务，一是和蒋子龙对话，二是完成陈忠实印象。当我把一气呵成的《圪蹴在白鹿原上的老汉——陈忠实印象》用方言念给老汉听时，老汉开怀大笑："秦岭，你太厉害了！和我对话的作家、记者数不清，还从来没有让我这么称心的标题。"我说："你不就是个老汉嘛，难道是个娃娃不成。"二〇一二年，老汉为了配合我写长篇纪实文学《在水一方》，强撑病躯帮我搜集陕西农村饮水资源资料，并约我到西安的一家羊肉泡馍馆。一口馍，半口汤；老一言，少一句；日头落城墙了，月儿挂树梢了，长达万言的《饮水安全与中国农民的命运——陈忠实、秦岭对话录》终于画上了句号。我去结账，才发现老汉早就把钱押给了总台。他的理由是："我请你，不光因为我是东道主，而是为你笔下的水，那是农民的命。"一句话，让我胸中犹如山丹丹开花红艳艳，犹如青线线蓝线线蓝个英英采。物欲时代的某些作家，张口闭口都在关注现实，背后却是欲盖弥彰的利益链。有谁，会像老汉那样，在意一滴水映衬下的民生本相呢？多年来，有全国的作家朋友委托我请老汉题个书名、写幅字啥的，老汉有求必应，却拒收任何报酬。老汉说："我收了人家的东西，还叫陈忠实吗？"

　　"小说被认为是一个民族的秘史"，这是《白鹿原》扉页上转述巴尔扎克的话。《白鹿原》的巨大成功，曾让不少好高骛远、恃才放旷的作家同行目瞪口呆，于是以吃不着葡萄嫌葡萄酸的心理自保颜面。在我看来，老汉注定就是一位发现秘史的人。二〇一一年，中国第八次作代会在北京召开，我代表天津团在文艺晚会上吼了一曲"甘肃花儿"，老汉随后问我："你这嗓子有意思，你晓得华阴老腔不？咱找时间谝谝。"于是，我有了听老汉哼老腔的机会："他大舅他二舅都是他舅，高桌子低板凳都是木头……"那一刻，老汉满脸黄土高坡一样的褶子层层叠叠，那是常态的脸，也是秘史的脸，在这层层叠叠的世界里，一定有男人下了原，女人做了饭，男人下了种，女人生了产，娃娃一片片都在原上转……

走了，写《白鹿原》的老汉越走越远了。我不晓得他肩上的褡裢是轻了，还是重了。叫一声老汉你快回来！你若不回，我一个人的羊肉泡馍，那馍，怎掰得开？

追念从津门走失的老乡

谁能记得这七月的津门，怎样的一开一合？可我的一位甘肃老乡从此走失，一去不返。

天津于是注定成为老乡与世作别的驿站。全国各地的很多学者、诗人、读者沿着丝绸之路、沿着巴山蜀水、沿着长河落日而来，有的只为在病榻前看他一眼，有的为了送他一程，有的为了对着他的遗像读一首刚刚创作的诗歌。我见到了很多来自甘肃的老乡，一时间，津门疑似陇原：兰州话、天水话、庆阳话……灵堂外的小区里，有位路人听说这里正在送别一位诗人，满脸的表情顿时如夕阳西照，朝着灵堂方向深深鞠了一躬。而有位商人模样的男子一脸迷茫，仿佛发现了新大陆："这年头，怎么会有诗人呢？"

一位老乡之死，却在全国引起鬼哭神惊般的轩然大波，他，到底是谁的老乡？我独自吟来："他是我的老乡 / 他是你的老乡 / 他是他的老乡 / 他是读者的老乡 / 他是他女人和娃娃的老乡 / 他是诗歌的老乡 / 他叫李学艺，河南人，甘肃《飞天》编审，笔名老乡……"我第一时间给同样客居津门的甘肃老乡杨显惠打了电话，杨老喟然长叹："一定代我送个花圈，太遗憾了，我在外地。"津门作家成百上千，我却神经质地把电话打给了杨显惠。我自问，难道仅仅因为都是津门的漂泊者吗？那一刻，老乡意义的老乡，让我想起老乡的诗："然而，相隔数年，却是别一番情境——鹰也远去 / 又是空空荡荡的 / 空空荡荡的远天远地……"

在这"空空荡荡"的"远天远地"中，老乡啊！你去了何方？在这"远天远地"的"空空荡荡"中，死亡，真的是一种诗意吗？

我必须得承认，面对诗歌的高地，我与老乡本无缘的，可是有那么一日，当他突然裹挟着西部的浩荡雄风旅居天津的时候，甘肃两个字就成了我们老少通畅无阻的通行证。他安居之地——天津梅江的美丽化解不了他巨大而尖锐的孤独，他的茅台酒时刻期待着我们去他家颠倒日月，醉卧尘世。尽管我和谭成健等津门土著作家曾多次登门言欢，尽管我和诗人林雪曾顶风冒雪去他那里对酒当歌，尽管……非常内疚，面对一颗奇绝的灵魂，我还是去得太少了。如果说匆匆的步履被俗世羁绊，那一定是借口，但有一点是真的，我怕他的酒。酒和诗始终是他生命的两翼。每天可以少进食，二两酒是必须的。我曾多次接到老乡的电话："秦岭，来吧！有酒，这次咱不聊诗了，咱聊小说。"我磨叽一番，终未敢前往。我二十年前在甘肃时血气方刚，也曾好酒，可柔软的津门基本让我远离了酒场。在他那里每醉一次，我便不知今夕何夕。用醉眼从他家十楼远眺，世界，只剩一片云烟。

老乡多次提出要看我的小说，我始终没好意思拿出手。但我至少有他赐赠的三部诗集：《老乡的诗》《野诗全集》《春魂》。那种神秘意象中蕴蓄的罕见风骨，那种诡异哲理中彰显的博大情怀，那种绵长幽思中牵扯的万般不甘，如兀立于诗坛的悬崖峭壁，构成了汉语表达的独立、神圣、创造与尊严，让我的小说思维望而却步。他说他喜欢我的小说《摸蛋的男孩》和《杀威棒》，我不知道他真的是发自内心还是给我颜面。前不久，我正琢磨把新近发表的《吼水》与他共享，可他的生命却正在朝着人间的背后迂回。最难忘病榻前的一个场景：一位天津女诗人哽咽着告诉他："我写的新诗，还想请您指点呢？"老乡有气无力地睁开眼睛，嘴唇翕动："以后吧。"

在死亡的边缘，谁能说清啥叫以后？但老乡一定是参透了的。死亡对他而言，也许只是一首诗歌的分行，或者，一个断句。可这以后的以后，是远了还是近了？长了还是短了？以后到底在哪里？我想，以后一定就是以后吧。所有走失在以后的诗人，一定还会来的。

"高情自成大境界，野诗恍若小昆仑。"这是老乡灵堂前的一副挽联。高，乃老乡；野，乃老乡；境界和昆仑，也是老乡。在天津机场送别甘肃诗人王若冰、周舟的时候，我发现他俩钻进卫生间洗了一把脸。王若冰说："泪，把眼睛弄干巴了。"我想说泪是湿的，但我没说。诗歌，从来不用解释。

老乡生前，我陪他太少，这次在病榻和灵堂前，我跑了足足六趟，像是为了讨他一口酒喝，可他的遗像纹丝不动，根本不让你有一醉方休的意思。倒是在追思会现场，他的女儿李小也请每一个人端起了酒杯。我毫不犹豫地一口泯掉，顿时血脉偾张，一如津门大开，老乡自来。

诗人高凯建议我朗读一首老乡的诗，我用甘肃话朗诵了《阳关月》："名胜老成遗址／太阳老成月亮／今夜的月亮一再表明……"

我唯有期待今夜的月亮，它一定是挂在天上的诗，圆的。

手绘连环画的儿时记忆

　　不认为是南柯一梦，我那手绘连环画的儿时记忆。当年，我的全部世界只是甘肃天水的一个小山村。未来——譬如现在生活的渤海湾，旷远如无，像挂在羊肠小道尽头的一片空白。

　　假如我要说，十五岁之前已经绘制过多达两千多幅的三十多套连环画，懂我的人会信的，因为岁月给我的感动宛如一曲历久弥新的歌谣，深情而古老。七岁之前吧，我痴迷于连环画《红灯记》《沙家浜》《白毛女》以及民间连环画藏本《三国演义》《西厢记》中神奇的构图和线条，意外发现李玉和、郭建光、周瑜、崔莺莺们与村里的郭毛球、刘弹球子、杜菊花们不同，乌骓、忽雷驳与生产队的大骡子、小毛驴有别，于是，当我在废报纸上临摹了一幅《白毛女》之后，村学轰动了。一幅两幅的涂鸦已满足不了我放飞的童心，手绘连环画的梦想像蒲公英一样，无双翼，却已翻山越岭。

　　受连环画《列宁在十月》的启发，我的第一本手绘连环画《我在十月》于一九七九年在小伙伴那里产生了堪比俄国十月革命的一声炮响。故事取材于民俗民事，一时争相传阅。这本从封面、封底、画页到内容提要一应俱全的手工制作，共计五十张一百幅，小楷毛笔一次性绘制，脚本也是蝇头小楷。白纸材质，面糊糨子粘贴，针线装订。版权页不忘注明"甘肃省右手出版社出版""毛笔印刷厂"等字样。当时全校学生挤在破庙的两个小殿里，高低年级均属复式教学。教室四面透风，桌凳土坯垒砌。缺指导，就广泛搜集各种宣传画和报纸插图日夜研习；缺纸张，就在废报纸、烟盒包装纸上描描画画；缺素材，就在各种风水读物、评书中挖掘整理；缺时间，就彻夜点灯熬油；缺场地，就辗转田间炕头上、麦垛屋檐下……就这样，《真假李逵》《薛刚大闹花灯》《三羞樊梨花》《武松杀嫂》相继登场。偏执与独行，掌声与风光，疑似少小领兵战江东的小周郎。

一根筋的童年，牛犊子天性。十二岁那年，我采取套种玉米黄豆之法，给所有课文的页边、页心空白处"套种"了与主题相关的"插图"和微型连环画，连《政治》《自然常识》也"套种"不误。比如涉及历史故事，必画各路英雄纵马厮杀；涉及江河湖海，必画农民们挑水解渴……课本顿时光芒四射，找我配图的各年级同学络绎不绝。我架子摆足了，条件是八幅图换一个弹弓。

"蹂躏"课本，大逆不道，面对老师公捕公判式批评，我岂能服得？"横眉冷对千夫指"嘛，我早已读鲁迅了。

幸运降临是读初二那阵，由八十多幅画页组成的《抬大鼓》被一位城里亲戚发现，如获至宝，拎去参加少年儿童书画展，拿了个特别奖。这一鼓励不要紧，让当时已经酷爱文学的我灵感迸发，信手写了一篇檄文《假如我在齐白石时代》，大意是齐白石老来成器，如若彼我同时起步，齐先生的启蒙恩师可不非我莫属了。这非常符合我当时的少年心性，看了电影《少林寺》，便悄悄在崖畔、墙头练轻功和铁砂掌，导致韧带被拉断一次，伤骨两次，像这般"走麦城"的蠢事，岂能示人？也就是那次参展，我如梦初醒，方知创作连环画不仅须要专用纸笔，而且只有大画家才敢为之。不由自怨自艾，假如……我生在城里呢？假如，一开始就撞上张良拾履那样的美差呢？放眼人间，伯乐何在？韩愈老头子真是说对了："其真无马邪？其真不知马也！"

初中收尾，中考迫近，忍痛与笔墨纸砚长亭作别，波澜壮阔的绘画岁月就此日落山坳，许多连环画痛失"民间"，只有不慎遗落鼠洞、墙缝的少量画页，多年后偶然被亲友发现，辗转带到天津，也算"残"璧归赵。有专家就建议："把你的小说《皇粮钟》《杀威棒》《女人和狐狸的一个上午》绘成连环画吧。"我一声叹息："罢了，还能找到那个我吗？"说话间，泪眼迷离。

斗转星移，画家梦至今未了。梦中的自己，多为少年。

丰县女人

　　"千树万树梨花开"。白茫茫的。苏北丰县，三月的林海雪原。

　　身临其境，方知丰县就是一个梨园的盆景。丰县人告诉我："梨花，很像丰县的女人"。我陡然一惊，似乎果然觉得这里的梨花秀外慧中，英姿勃发。一秀，一英，很女人的意思。迎面走来一个女人——孙秀英，这位刘邦故里的普通居民，让自己的微笑，在这个季节里平静地绽放。

　　物质时代，时尚谈女人，于是乎，兰花指拎着红酒杯的小女人容易被当作女人中的极品。我在这里谈孙秀英，一定会被认为不识时务。就像在一个优雅的所在品咖啡，人家在谈咖啡的产地，而我的注意力却集中到了承载咖啡的水。丰县人告诉我："大街上，孙秀英总是低着头，步履匆匆。"时间早已捆绑了她，她没有机会以共和国普通市民的角色在商场、在晨练队伍里表现自己。她整个的世界就是丰县一隅那个普通的小院，她像个疲惫的陀螺，在忘乎所以地旋转，汗瓣甩开去，一滴，又一滴，如朵朵花瓣儿。

　　够喧嚣了！人人都以中彩的心态赌博未来，孙秀英却在坚守着昨天、今天和明天的一贯制。她用自己的一条命捍卫着另外三条命：十八年前的一次意外事故，造成丈夫张业泉腰椎以下全部坏死，命运只给了他一张床；精神二级残疾的嫂子芬兰，命运关闭了她作为雌性动物的所有情感信息——抱歉，请原谅我用了一系列动物学的名词；智力二级残疾的侄子"目中无人"，包括伺候了他十多年的伯母孙秀英……

"我以前是种地的，如今面对的一切，我认。"孙秀英说。

这个女人，出人意料地合盘托出了她与大地的关系，大地是啥？那是梨花盛开的地方。我这才注意到，这个年过半百的女人仍保留着被征地农民身上那种与土地有关的淡定和淳朴。她把大地恒定的质地，执拗地带进了城市人的视野。一个市民告诉我："城市在发展，人人疯了似的求变，而孙秀英却保持了不变。"

这个话题的背后，别有意味了。作为一名作家，我相信孙秀英和社会构成了一个丰饶的话题，其中包含的所有信息，绝不比丰县的梨花少到哪里去。"孙大姐，面对你，我不知道说啥才好。"我说。

"人活在世上，就那么回事，有啥可说的。"

一句话，让我期冀的所有信息烟消云散。女人，与自己的语言一样具体。

邻居给我提供了这样的信息，不是陈述，而是诘问。当张业泉的肌肉每天需要捶捏按摩，当芬兰不懂得大小便如厕，当侄子手捧大便当泥玩儿，你知道孙秀英该咋做？当正值壮年的丈夫狂躁不安，当烟瘾十足的芬兰终日玩火，当侄子对家人动刀动棒，孙秀英该咋做？当……颇像编入孙秀英生活的程序，我真的无法想象孙秀英应对的种种。我也曾或多或少了解过一些家庭的不幸，感受过生活的阴霾笼罩人性的不堪，听到过人生遭际的悲情诉说。而孙秀英，却是一个无话可说的人。

有个故事，这般流传：二十年前，那个梨花初绽的早晨，疯姑娘芬兰和张业泉的眼疾哥哥订了婚。两家很近，不到百米。为了防止芬兰凭直觉摸回娘家，母亲利用一个漆黑的夜晚，拽着芬兰的手，一路走，一路哭，绕县城整整两圈，才拐进了婆家门。这是芬兰有生以来走过的最漫长的道路。健忘，再加上婆家的糖果，芬兰终于永远留下来，第二年，他们的苦果出生了，男人却死于肠癌……

太像传说了！而孙秀英，让这个传说有了根基，扎进了泥土。

孙秀英就这样礼貌而矜持地坐在我的对面。"秦作家，如果没有啥事，我就走啦。这阵，我男人的尿该下来了，下午，还要给芬兰洗头呢。我，一百个忙呢。"

一百个忙，是啥忙？我感到了难以遏止的内疚。是我，毫无原则地侵犯了孙秀英宝贵的时间。我突然就联想到一个中国老百姓最为熟悉的词汇：百忙之中。那一刻，种种拥有"百忙之中"这个专用词的各级大人物，一定满面春风地在主席台上，享受着漂亮女服务员的端茶倒水，一定西装革履地漫步在田间小路上，把马铃薯指导成地瓜，一定像明星一样在荧屏上发表自认为很重要的讲话……

"作为女人，您……觉得这样的日子，意义在哪里？"

明知道这是一个可耻的问题，但我必须让自己可耻下去。这个时代动辄会把意义拎出来，何况，历史给这片神奇的土地发酵了许多足以牵扯"意义"的理由，这里与鲁、豫、皖毗邻。抬望眼，波光粼粼的微山湖会让我们想到"鬼子的末日就要来到"那句歌词；侧耳听，似闻当年苏北女人推着木轮车奔赴淮海战场的轱辘声……

孙秀英"百忙"去了，我没有资格挽留她。我最终选择利用那个梨花飘香的下午，主动走进她的家园：中阳里古丰社区。我见到了病榻上的张业泉，耳聪目明的张业泉和我握了手，说："握你这个天津人的手，让我知道，外边的世界还是很大的。"孙秀英告诉我，家庭刚刚屡遭不幸那阵，她真是不想活了。尽管有关部门给予了一些帮助，但这样的日子绝不是她少女时代所憧憬的。包括丈夫在内的许多人，都劝慰她趁早改嫁，她一口回绝。

"健全人就得陪残疾人，他们在我手里有个三长两短，我也不好活。"

回味这句话的时候，我躺在天津柔软的沙发上。各大媒体正在报道几天前发生在韩国海域的一次重大沉船事件，三百多名前往济州岛旅游的中学生被大海吞没，劫后余生的校监依然选择了上吊自杀，他的遗言大致是这样的："我没有信心一个人活下去，是我筹划了这次修学旅行，所有责任都在于我，请将我的骨灰撒在事发海域，在阴间继续当他们的老师。"而孙秀英，一个丰县女人，一个中国女人的心声，却跨越万水千山，与韩国校监的绝笔异曲同工，遥相呼应。

据说在丰县像孙秀英这样的女人很多，同行的作家蒋建伟给我一份资料，大标题很醒目：有情有义丰县人。我认真翻阅了一下，女人的名字几乎过半：李影、张玲兴、李笑笑、朱琼、侯立晴、谢淑华、张秀美……她们是一个个孙秀英，但她们又都是自己，她们——丰县女人。

十字街头，一个穿蓝色运动衣的女人的背影吸引了我。她两手夸张地甩来甩去，显胖的身子毫无原则地左摇右晃。她时而驻足，貌似行家一样观察地摊上的小商品，时而挺胸抬头，俨然一位得胜的将军。人群熙熙攘攘，人们似乎早已习惯了这个女人的存在。宽容，或戒备，是人们的第一反应。

"芬兰，回家吧，有新糖果呢。"孙秀英喊。

芬兰僵硬地扭了一下头，又一意孤行。对人间的呼唤，她置若罔闻。

孙秀英叹口气："只有夜深了，饿了，困了，才会回来的。"

一般是凌晨前后吧，孙秀英要站在院中央当"交警"，指挥芬兰和傻侄子进入各自的房间休息，否则，"狭路相逢"母子俩必然厮打在一起，石头、瓦片、铲子都是进攻对方的武器……孙秀英是全城最晚进入梦乡的女人。

她说："他们仁都睡了，我才睡得香。"

一定是丰县梨花沁人心脾的芬芳，在女人的梦里。

走近中国的"大墙文学"之父

在中国现当代文学历史的河流中，那些属于凤毛麟角的开辟了某一文学景观、首开某一流派、形成别样风格的作家，往往因为具备了文学先哲、先知或拓荒者的意义而享有崇高的地位。从维熙既被誉为中国"大墙文学"之父，理所当然成为峦中之峰。所谓高山仰止，确是我没见到老人之前的心态。

相识了，竟发现此山并非孤傲兀立，而是处处曲径通幽，别有洞天。

四月初，天津某方面特设"名家讲坛"，委托我赴京请中国的"大墙文学"之父从维熙前来授业解惑。我自量功力有限，撼山何易，于是特意邀了《北京文学》杂志社社长章德宁女士，同往朝阳区团结湖从老的住所。之前在报刊见过从老不同时期的一些照片，此初见，视觉上倒有似曾相识之感，直觉已感久违，心理上仍然有一堵不可逾越的"大墙"横亘于前。茶过三巡，从老竟说："秦岭啊，我读过你的小说。"这是个让我丝毫没有心理准备的话，此话从一个七十四岁高龄的文坛名宿口里蹦出，我恍惚感觉漆黑的夜空突然有焰火在绽放，那绚丽的景致竟使我一时不知所措。因了这句话，感觉一下拉近了与从老的距离，所有的话题立刻变得轻松而悠然。印象最深的是从老多次提起由文学大师孙犁先生创办并挂帅的《天津日报》《文艺周刊》。众所周知，从维熙和中国乡土文学的代表人物刘绍棠同属孙犁门下两个最得意的高足，从维熙早期的许多精美小说和散文就是由孙犁编辑发表的。《文艺周刊》至今仍然是中国报纸副刊界的一个独有品牌和亮丽风景，始终在从维熙的热切关注之中。进入新世纪以来，《文艺周刊》每年都要整版发表我的几个小说，其中小说拙作《碎裂在 2005 年的瓦片》，转载甚多，《文艺报》等报刊也多有评论，这使我明白了拙作何以闯入了从维熙老人的视野。从老学贯中西，惜时如金，竟能关注到我等晚辈的创作，着实令人难以置信。在我看来，这全然沾了从老心灵深处的天津情结。从老说："我对天津和《文艺周刊》是有感情的，我也喜欢和你们年轻人聊，以后你就常来。"一句话，心理上的"大墙"全然坍塌，再看从老，乃是鹤发童颜，慈眉善目，机敏的思维和真诚的笑容里，除了镶嵌着一段特殊的中国历史和中国知识分子的心灵史，更多是一位可亲长辈才有的宽容和温和，至此，一位虚怀若谷、力拔山兮的文学"大墙"，像兀立我心头的熟悉、亲切而质朴的崖畔，能感觉到有和风在吹拂，鸟儿在啁啾，炊烟在环绕。

作为一名普通读者，认识从维熙当然是从阅读开始的。一九八〇年在老家天水读小学时，电影《第十个弹孔》和同名连环画，以那先声夺人的片名和曲折的故事，为我的童年增添了难以抹去的记忆。童年的懵懂思维当然无意去探究如此之好的电影改编自何人的小说，但创造精神大餐的作者，在我童年的心窗上构成的那个问号，却是巨大而神秘的。上世纪八十年代读师范时，"博览群书"的我，自然不会遗漏那篇被中国文坛誉为开"大墙文学"之先河的名篇《大墙下的红玉兰》，也就是从那时起，一个响亮的名字和我童年的记忆终于对接了，于是，《风泪眼》《远去的白帆》《雪落黄河静无声》像那年的狂风，哗啦啦地刮进了我贪婪的视野。在文学的浪潮近似于咆哮的一九八六年，《北国草》就像北国旷野中坚韧的野草，在我的许多同学的书包里、抽屉里、书柜上疯长……我牢牢记住了当时的《中国青年报》公布的一条消息:《北国草》——青少年最喜欢读的书。凭心而论，少年时代的我尽管喜欢钻研历史和政治，但心灵的阅读仍然缺乏对人文情怀和精神光辉的纵深领悟，真正进入从维熙的文学世界竟是在今年的人间四月天，也就是认识从维熙以后——我用一个星期的时间认真阅读了从老赠我的《走向混沌》。阅读是在津门我的书房。那是一次令人难忘的阅读，一次罕有的欲罢不能的阅读，一次真正的来自心灵的阅读。《走向混沌》以作家本人在上世纪五十年代后期几年的遭遇为主线，用描摹事件、陈述事实的方法，再现了中国知分子在那个年代遭遇的人生劫难，有的在血雨腥风中慷慨赴死，有的为求名节愤然自戕，有的委曲求全忍辱负重，有的为谋自保诬陷同类，有的看破红尘自甘堕落，有的依附权贵兜售灵魂……许多知识分子消失了自我，消解了精神，禁锢了灵魂；政治上深浅莫辨，尊严上是非混淆，人格上黑白模糊，一切，一切一切，一切的一切都走向了混沌。用陈忠实的话说，就是"这是一次惊心动魄的阅读……对于研究民族的精神历程是最可珍贵的资料"。

《走向混沌》，使我真正走进了从维熙的心灵净土和文学家园。

有句话，从维熙如是说："时间不允许我'玩弄文学'，只允许我向稿纸上喷血。"此言足够让我一个普通写作者深思一辈子的。这是一种态度，一种良知，一种精神，也是对已经出版的六十二部著作最好的诠释。我庆幸，在当今极端物欲化的现实中国，中国知识分子中居然有如此高贵的灵魂存在。其实，关于什么人才叫真正的作家，这几年议论颇热闹，有人说："如果把码字儿的都叫作家的话，现在中国的作家比驴还多。"只是，驴毕竟还是有驴的实用价值和与人类相互依存的现实意义，而那些以私人化写作、下半身写作、市场化写作而自鸣得意的所谓作家们，堪比得一头驴哉？

和从维熙在北京、天津相处的日子里，我时常被老人乐观豁达的性格所感染，他不仅健谈、风趣，而且对二十年的牢狱之劫毫不避讳。为了驱赶无端蒙在心灵的阴影，他笑对一切遭遇和不幸。他至今眼不花，耳不聋，身体也棒，他的养生之道听来让人瞠目，那就是："抽烟、喝酒，不锻炼。"从维熙的逻辑是："上帝什么时候招呼，咱就什么时候跟着他走。花费在苦炼筋骨上的时间，和延长寿命的时间大约等同一致。"印象中，他右手的中食指之间始终夹着烟卷。喝酒更是了得！那天在北京聚餐，一瓶老家河北玉田产的玉田老酒，他两口就是一大杯，并劝我："你才三十多岁，要多喝！"半月后在天津"狗不理"总店，一斤半装的帝王系列酒，他更是如饮凉白开，在场人等，无不失色。翌日他登临讲坛传道授业，我正好和著名作家肖克凡先生坐一起，肖兄感叹："他可是文坛有名的酒仙！"我方知，从维熙是中国文坛为数不多的对酒当歌的真文人。

北京一位老编辑告诉我一段文坛佳话，说是某年某月某日，从维熙邀请王蒙、李国文、刘心武、张洁、莫言、张抗抗等来他家喝酒。为了增加酒嬉之趣，从维熙在客人畅饮真茅台之际，将一瓶"玉田老酒"偷偷倒入另一个茅台空瓶之中，意在捉弄文友中自喻为酒仙、酒圣者，不想莫言等人连连称道，说假茅台酒是真的，真茅台酒是假的。一时，"玉田老酒"在文坛名声大噪。在我看来，嗜烟、豪饮、休闲，体现了他释然面对人生的平静心态和超然于世的可贵心境。

在从维熙身上，很难找到某些名利场人惯有的高视阔步的姿态，其所作所为，言行举止，更具平民色彩和人性光辉。他见我能吃好喝，总要悄悄提醒我："秦岭，该去厕所了吧！"他在天津演讲一毕，最少五次询问我："我这样讲，是否离谱？大家喜欢不喜欢听？"到天津的第一天，许多消息灵通的大学教授、学生早已在书店抢购了他的多种书籍，等他签名，他却专门嘱咐我："我首先要给你们的司机签一本，他太累。"说完，把从北京带来的唯一一部散文集给司机签了，并嘱我转交。那天，我陪同他和夫人钟紫兰女士去天津大学冯骥才那里，小车途径天津市血液病医院，我正好望见一名来自老家天水的患者亲属在街边疾行，我忙隔窗喊了一声患者的名字，以示问候，对方一时没有听见，从维熙情急之下，也跟着喊了起来，老人喊得很焦虑，很卖力，七十四岁的老人了，当然喊得也很费劲。一老一少这么一喊，引得交警、行人驻足，疑有什么情况发生。事后我对从老感慨："像您这种地位的作家，太难得这番平民心态了。"从维熙说："我出身地主家庭，但是二十年的劳改生活使我认识到，真正的友情、人情都在民间，我的许多朋友都是生活在最底层的老百姓。"老人斯言，如空谷滚雷，回声在我耳畔，久而不绝。

进得天津大学，夕阳正好，火红的晚霞如四月的桃花。冯骥才文学艺术研究院的工作人员给我打来电话，说是冯骥才偕同夫人早在厅前恭候。从维熙却对我说："帮我找找北洋大学堂旧址（天津大学前身），咱先去那里看看。"

我这才想起，从维熙的父亲从荫檀先生早年毕业于天津北洋大学，曾参加一二·九学生运动和南京卧轨请愿以促国民政府抗日，上世纪三十年代，死于重庆国民党监狱。

在镌刻着"一八九五"字样的古朴、凝重的北洋大学堂旧址前，从维熙和夫人几乎同时失语。我替老人按动相机快门的时候，镁光未闪，脑中却弧光似的闪现了一个字：墙。

史铁生，天堂里你可以行走了

　　就这么离去，狠狠地触动了我。你是走着去的吗？知青哥。

　　让你"一路走好"显然是句堵心的假话，不过既然天堂是个美丽的地方，想必是个公平的世界，料想所有的灵魂都不会与残疾、瘫痪相伴吧。

　　见你是在二〇〇三年《北京文学》杂志创刊五十五周年庆典上，拙作中篇《绣花鞋垫》的问世使我有幸成为天津唯一被邀请的作家。第一次面对京城文坛各路人马将帅，稍感局促。忽有人告诉我："请您帮我下楼接一位作家。"到了电梯口，发现中国作协主席铁凝、《北京文学》杂志社社长章德宁已经迎候在那里。电梯洞开，你出来了：轮椅上，你笑着，笑得很像你自己。

　　握手，寒暄，颔首。这是大哥式的礼贤下士，这是你。

　　久居京华的你居然能听出我普通话中的西北腔。你说："你说的是西北话，但不是陕西话。"恍惚间，我觉得似乎不在北京，而是在你笔下的清平湾。恍惚，一如西部的话题。

　　似乎，你不是依附着轮椅而至，你在穿越时空，从属于你的遥远的清平湾，赶着陕北一带的红犍牛、老黑牛，走来；从白老汉的目光中，从留小儿姑娘黑黝黝的辫子光泽中，走来；从西部常见的埝子那边，从圪梁梁那边，从小河那边，走来，走来，可是，可是你，你不能走。自从病魔剥夺了你站立的权利，人间从此没有你能走的路。

　　清平湾，这是我阅读你的最初记忆，这是我的一九八二年。在故乡读初中的我，趴在冬日火热的土炕上，一口气读完了你的《我的遥远的清平湾》，你一定不晓得这篇小说让一个西部乡村少年的内心刮起了多大的旋风。第一次，我发现你和几乎所有的知青作家本质上的区别。陕北的乡村，在你笔下除了人类社会普遍的风霜寒暑，还有阳光、有雨、有牛羊、有崖畔，有小曲儿，有炕头的温度。你不像那些泥沙俱下的所谓知青写作者，他们对乡村的所谓反思容易与政治、与个人命运和利益画等号，他们对历史的血腥、扭曲和变态有极不成熟的观察，他们的泪痕，或者伤痕，源于他们对乡村的极端自私的认知和判断，在那些可以凭粮票、肉票、布证领取白米、大肉、布匹的城市青年看来，被国际社会嗤之以鼻的中国城乡二元结构反而是天经地义的，农民天生就是城市居民供应粮、劳动力的无偿提供者。他们可以有孽债，可以背弃那里的小芳，可以以偷吃房东的鸡鸭为乐，可以用人性深处最恶俗的视角看待土地上的农民、牲口和庄稼，可以像抵触意识形态那样蔑视、仇恨、藐视几千年的乡村生活秩序……中国的知青作家比驴多，但对土地的认知和对庄稼汉的态度，远不如驴来得厚道。

一些知青写作者世界观有可悲的两重天：城市的高贵和乡村的卑贱。他们把政治上的迷航，会归罪于海洋。按照这个逻辑，生活在土地上的中国农民，非但不是共和国的公民，本质上更接近于被判处无期徒刑犯人，包括家族，包括世代，包括永远。

所以对你印象至深，你心灵的温度和你插队的那片土地的温度一样恒定。

为了寻找感受和交融，一九八六年，我又读了你的《插队的故事》，二十多年后，又读了你的《我与地坛》。去年夏天，在北京，和几个作家朋友在地坛的浓荫下聊天，我想起了你。在地坛，不得不想起你。你人生的许多发现、感悟、体验像地坛浓荫下的蘑菇，新鲜而光洁，让许多读者感受到了饕餮文学的快意。在地坛，你一步也没走，而你的所思所想，却健步如飞，走了好远，许多人试图找你哲思的边界，未果。在我看来，地坛，其实就是你的陕北。那里，这里，是你心灵的世界。

仅此，足以让我持久地感动。我知道红犍牛和老黑牛都是牛，就像人和人都是人一样。这点，不是每一个写作者，就能轻易懂得。失去秩序的世界，更多的作家是那么的不讲道理。可惜你不得不和这个世界告别。是否？你合上眼睛的一刹那，你灵魂的双足轻盈地离开轮椅，踏踏实实地踩在了大地上。

也罢！你去的是天堂，不是去地狱，更不是去服刑。天堂里，到处都是陕北吧？或者，是地坛。

如果是，知青哥，我为你祝福！

诗人老乡其人

除非你不是读书人，假如我以诗歌的名义介绍他的话。

很多人只闻其名未见其人——有位习惯了在笔记本上摘录他诗歌的学子问我："老乡的有些诗歌，风萧萧易水寒的意思，人一定长得气吞山河吧？"

学子一定联想到了老乡曾经的革命军人身份，跃马边塞的那种。

我乐了。我不知道我的表情属于小说还是属于诗歌。怎么说呢？我内心暗自把老乡的外部样貌划入疑似类人猿的那种，而且还是类人猿中并不出色的一类：眉骨高，颧骨凸，眼窝陷，下巴尖。个子也就一米六吧，还精瘦，还弯腰，还驼背，步态一摇三晃。十年前他客居津门时，早已谢顶，稀疏如蒿草般的余发被干旱的脑门逼到耳根，杂乱地晾晒在地埂一样的肩头。我想起他的诗《旱乡》："越是干旱的地方／风云人物／反而越多。"

甘肃作家告诉我，兰州城的某夜，老乡拐进一家饭馆，吓得女服务员花容失色，钻进老板怀里，直喊："救命啊——"

有次酒至半酣，我越发听不懂他叽里哇啦的河南话，于是习惯性地陷入对他曾经革命军人和报务员身份的想象中：五十多年前，一位应征入伍的河南籍青年，远走南疆，又是持枪，又是报务，然后频频华丽转身，最终跨入甘肃《飞天》杂志——那英姿飒爽的事物，会是他吗？老乡突然开腔："秦岭，你说我长得俊吗？"

他的问题总让我始料未及，仿佛身处死胡同遭遇飞来的炮弹，你根本无处躲藏。

我别无选择，脱口而出："俊！真俊！！"

"哈哈哈……举杯，喝。"

于是又多喝了几杯茅台。我到底答对了还是答错了，他不给标准答案，答案只是一个字：喝。怎么会有答案呢？他在《一个被鹰追的人》中写道："在荒原我不愿谈论／一个真实的我／一旦谈起／荒原上的绿叶／将会骚动绿叶／鲜花挤疼鲜花。"

他的原名平铺直叙，曰：李学艺，誓把艺术学到底的意思。我尚不知是其父母的精心设计还是自己励志而为。人间取"艺"字的人很多，比如同样的西北老乡张艺谋，把个"艺"字弄得老谋深算，煞费心机。李学艺的笔名更奇绝，奇绝到化有为无，没油没盐：老乡。老乡？你到底想当谁的老乡？你是否孤独到人人喊你老乡时，才能寻求到灵魂的慰藉和安静？

早在上世纪八十年代我在老家甘肃天水时，就读过老乡的诗。作为诗人，他把诗歌经营得波澜壮阔；作为甘肃《飞天》杂志的编辑，他把中国诗坛搞得地动山摇。他的诗歌呈现中，那种无与伦比的形式创造，那种古典与时尚的机巧融合，那种黄河古道上特有的壮烈、悲情、隐忍与呐喊，那种义无反顾的坚守和毫不留情的颠覆，在不断还原着当代诗歌的尊严，拓展着文学精神的外延。多年来，他的诗集《老乡的诗》《野诗全集》《春魂》《被鹰追的人》如集束炸弹，让中外诗歌界频频把目光投向苍凉的陇上高原……

有一次，聊我的小说《摸蛋的男孩》《杀威棒》等。我担心他不明白，便主动解释："所谓摸蛋，就是……"

"你不用给我上课，我摸过的蛋不比你少，至今手指上还有粪味儿。"

说着把手指头伸过来："你闻闻。"

时过经年，岂有粪味儿？但我说："有。"

"正确。"他不忘补充，"看来你骨子里也有诗歌的基因。"

"你为啥不把摸蛋的经历写出来？"

"这味道熏了我几十年，却一直没有找到诗歌的出口。没想到，你把它写成了小说。"

所谓摸蛋，就是在手指头上蘸了唾沫，伸进母鸡屁股眼儿判断产蛋的时辰，便于及时对母鸡实施控制，避免把蛋产进邻居家的院子里——这是供应制时代的旧事。经济落魄的时代，天下所有母鸡的屁股眼儿，休得安宁。

尘封的岁月一旦打开，他开始张牙舞爪地数落文坛，尽显出马一条枪的秉性。在他看来，相对古人，当下的一些所谓诗人素养储备不足，凭情绪写诗，把诗弄成了狗屁牢骚，诗歌成了怨妇的出气筒。当下不少写小说的好在语言上玩花哨，不懂中国古典文学的精髓和西方文学的思想根基，小说里通篇看不到中国文化的影子，越是不伦不类，越敢招摇过市……

"置身生活和体验生活绝对是两码事儿，有些作家从乡村走马观花一趟就敢写乡土小说，我真想吐。"他再次伸出手指头，"谁要没听说用它摸蛋，谁就没资格谈城乡二元结构，谈农村社会……鸡屁股眼儿里是有历史的，有现实的，有记忆的，有诗歌和小说的。"

摸蛋的岁月，俱往矣！所幸，他的宝贝女儿和女婿在天津搞得很发达，老夫妻住在天津一个叫梅江的高档小区，颐养天年，高枕无忧。可有次他却吟起自己的旧作："在鹰眼里／我吃的是齐白石的虾／骑的是徐悲鸿的马／其实我骑的只是一头边塞的小毛驴／至于鲜味儿／无非是野火上烤熟的／几只蚂蚱。"

津门和陇上毕竟有别，比如喝酒。陇上是豪饮，津门是小酌。我在天津二十年，本属于高原的脾性被消解了不少，反而惧酒。有时老乡一个电话打来，我往往如坐针毡。他酒量不是太大，却有让对方尽兴的诸法儿，比如激将，比如埋汰诸等，到头来宾客烂醉如泥，唯他独醒，小眼睛忽眨，忽闭，如一只狡黠的老狐狸。

有次我和女诗人林雪同往，均微醺，脑子里灌满了他津津乐道的诗歌哲学、诗歌美学、诗歌社会学以及诗坛阳春白雪和下里巴人尖锐对立的凡俗逸事。凭窗远眺，世界只剩一片云烟，思想起凡尘俗世，竟不知今夕何夕，不由想起他的诗："一路向西／天下的红地毯／已被各路英雄走尽。"

"思想可以自由，但诗歌必须有纪律。"他说。

我把纪律听成了妓女。来不及细究，便稀里糊涂表示赞同："哦，妓女。"

"你说啥？"他突然二目圆睁，举杯不动。

我重复了一遍。

"你……哦哦哦。我懂了，我是诗人的嘴，你是小说家的耳朵，也许，你那里一篇小说诞生了。"

老乡的夫人是天津籍，姓魏，当年支边甘肃时和老乡恋的爱。当初的小魏姑娘定是艳若桃李、顾盼有致的尤物，至今风韵犹存。后来我才知道，她退休返津后在我负责的文联下属一支舞蹈队里当台柱子。那腰身，上了台便是春风杨柳，千条万条的意思。有人问老乡："当年你咋追上嫂子的。"

老乡反问："我先问你，啥叫追？"

对方顿时哑口。

老乡说："人间就两种性别，一个服了一个的水土，那就变成了爱情。"

某次，他电话邀我和《天津文学》主编谭成健等人前往做客，事前郑重声明两点：一、这是一般性的小聚；二、不得辞谢。到场一看，暗吃一惊。只见楼下的宝马香车停成了长龙，各路宾客气度不凡，男士西装革履，女士衣袂飘飘。车队到了某五星级酒店，更是张灯结彩，恍如十七世纪的英国皇室宫殿。那天的他头戴彩纸叠的"皇冠"，基本就是吾皇万岁的架势了。他的女儿李小也郑重宣布："今天，是我敬爱的老爸六十六岁大寿……"

"皇冠"下一张诗人的脸，平静，怪诞，还有点庄严。

现场议论纷纷：

"如果他是美猴王，诗歌就是他的金箍棒。"

"如果他是二郎神，诗歌就是他的哮天犬。"

有人小声预测："如果他是……他……他有朝一日突然没了，他的诗歌，会是诗坛的催命鬼吗？"

老乡果然就没了，这是二〇一七年七月十日的早晨，老乡在天津某医院安静地关闭了生命的诗行。弥留之际，有位天津女诗人含泪告诉他："老师，我新写了一首诗，还想请您指点呢。"当时的老乡已经气若游丝，可他的目光愣是闪了一下，嘴唇豁开一丝缝儿，吐出三个字："以后吧。"

这三个字，石破天惊。是诗歌的意象？还是小说的虚构？

在津门，我见多了作家死亡后的各种社会反应，可他的死，犹如这个盛夏的冰山之倾，彻骨了全国的诗坛。从全国各地跋山涉水赶来吊唁的人络绎不绝，有诗人，有学者，有编辑，有读者，其中有不少来自甘肃的诗人。有个天津土著感慨万千："此刻的津门，疑似陇原。"

灵堂前的挽联是：高情自成大境界，野诗恍若小昆仑。

有诗云："然而，相隔数年／却是别一番情境——鹰也远去／又是空空荡荡的／空空荡荡的远天远地……"

当然是老乡写的，并非绝笔，但他已了无踪迹。

我婉拒了记者的采访，但我说了这样的话："今后当人们互称老乡时，假如有一种文化的警觉，那种力量来自诗歌。"

站在崖畔看村庄

——长篇小说《皇粮钟》跋

在心灵的崖畔，我常站成自己的模样，把村庄眺望。

在《皇粮钟》里，"崖畔"这个词儿，至少出现三十次以上，绕不开。

只有崖畔才是村庄和精神的制高点，袅袅炊烟下四邻八舍的悲欢一览无余，甚至能看到渗入麦垛和瓦楞间的民间俗事，传递并糅杂着何等的古朴和时尚。古朴，那是镶嵌在历史纵深地带亘古不变的质地；时尚，则是现实的快感和疼痛无时不在提醒庄稼汉们，他们和土地、庄稼、羊群之间的关系圪蹴在怎样的坐标系里。我无意证明拥有崖畔就定能清晰地鸟瞰中国农村历史的隧道在现实背景下延伸的状态，但我在乎目光的那种触摸感，目光的指纹分明能感受到现实农村的边边、角角、沟沟、坎坎。

无论从情感和良心上，我真的不想和那些待在象牙塔里从事所谓乡土叙事的人一起，大把大把地兜售花里胡哨的所谓中国乡村印象。那些被书店束之高阁的没有炊烟、牛粪、蒿草、炕土味道的乡村叙事，是否属于中国的乡土和乡土的中国，我始终心存疑虑。我在德国洪堡大学学习交流时，有位华人学者如此诟病："有段时期，中国女士是把天生的黑发染成金发来欧洲旅游的，而文学的输出更是去真存伪，自取其辱。"当然我也在疑虑我自己，为了不至于糊涂，我必须去崖畔。

我从来没有奢望从那些吃五谷杂粮却不识人间烟火的家伙那里获取来自乡村的信息和信号，我相信我的记忆和直觉。当年西部老家不少农民炕头的枕头底下，时常能瞅见《创业史》《红旗谱》《山乡巨变》啥的，抛却这些乡土叙事中难以避免的历史局限和时代印痕，我们真的没有资格怀疑或否定那些文本蕴藏的历史纵深度以及史诗般的强力呈现，那个年代的农民读者真的能从字里行间找到山鸣谷应和他们自身的模样。实属文学之福，农民之幸。而今，中国社会的快速变奏可谓高潮迭起，但是现代文明背景下的、日趋知识化的农民的枕头下不可能收留当代作家对乡土的"艺术呈现"了。写作者与庄稼汉的鸿沟，注定了文学表达与农村现实的割裂，而伤口地带往往被瞎子摸象式的文字垃圾所填充，这是文学的陷落，也是时代的悲哀。我看惯了理论家乐此不疲的追根溯源以及权威定论，可笑的是定论居然也能够年年花样翻新，似乎和作家的创作、读者的审美理想毫不相干。我早就闻到了只有热剩饭时才有的刺鼻的煳味。这种幽默，如果属于文化的幽默，那么，我怀疑文坛中人的文化和文化心理是否有治疗的必要。沉疴却无视良药，如此患者恐怕不仅仅是肉体上的病变。

我只有独自去我的崖畔，在真实的风中感受真实的村庄。这种感受既是文学的，也是现实的，更有哲学的意味。绵延达两千六百年的皇粮在我们这个时代被取消，这是历史的选择，也是历史的必然，是社会文明和进步的重要标志。种地纳粮不是中国农民的宿命。当《皇粮钟》中那尊沉重而神秘的皇粮钟被它坚定而执著的守护者亲手炸毁的时候，我们不能轻贱庄稼汉的辩证法："连咱庄农户人顶礼膜拜的皇粮钟都'终'了，皇粮能不'终'吗？"

轻贱了农民的辩证法，就是轻贱我们自己。

《皇粮钟》是我"皇粮"系列中的一部，而"皇粮"系列又是我农村题材中的一个组成部分。我庆幸我们这个时代的有识之士对农村、农业和农民问题的研究和关注，我们常常能听到上上下下对民生的关注和持之以恒的强音。无论是反思、关照还是行动，这都是了不起的进步，这种进步不仅是经济意义的，更是政治的、文化的。而专门为中国农村题材小说设立的梁斌文学奖，让我看到了照耀在乡村崖畔上的文学阳光。很幸运，连续两届梁斌文学奖一等奖的桂冠像凤凰一样落到了我用"皇粮"系列培植起来的梧桐树上：一次是二○○六年，获奖篇目是短篇小说《碎裂在2005年的瓦片》，那一年，中国向全世界宣布取消了绵延达两千六百年的农业税；

另一次是二〇〇八年，获奖篇目是中篇小说《皇粮》，这一年，我在《文艺报》《中国文化报》《作品与争鸣》《文学评论》《小说评论》等报刊上看到了二十多篇专家对我农村题材小说的评论。我不会因之受宠若惊，只是获得了一份并非意外的感动，为乡村，为自己，为圪蹴在崖畔上的那种诚恳、执拗的心灵感动。中国"大墙文学之父"从维熙老先生在评论我的"皇粮"系列时说："秦岭把今天中国政府体恤民生，废除了农民上缴皇粮之举，当成小说的文胆，因而使故事多了沉甸甸的分量，可以说从取材到人物情韵的描写，在当代描写农村生活的作品中，都称得上一声绝响。"来自文学前辈的声音，是另一种感动。我晓得他们都是经历过人生之风雪驿路、文学之杜鹃啼血的人，他们最懂中国的农民，晓得羊肚子手巾不光是三道道蓝，羊羔羔吃奶不光眼望着妈。

《皇粮钟》初稿的大部分，是我在鲁迅文学院第八届青年作家高级研讨班学习时完成的，当时恰逢我的小说《硌牙的沙子》登上了二〇〇七年度中国小说排行榜，这为我审视农村增添了至少三分的冷静和七分的自信。记者提及我文学表达的所谓秘籍，我说："因为我站在崖畔看村庄。"

崖畔意味着什么？它到底和村庄是一种什么关系？我从记者的眼神里看出了疑问。他们一定想不到，观察中国农村社会的历史和现状，是需要制高点的。去年在西部参加一个文学研讨会，陈忠实先生对我说："秦岭，我一直以为你是陕西的作家呢，后来才晓得是天津的。"我把这种误断，权当我文学抵达西部乡村的反证。至少说明，我文学的心灵在崖畔上，而不是在直辖市的咖啡屋里。

因此，在《皇粮钟》里，我有意避开了我的另一部长篇小说《断裂》的切入方式，而是采取交叉叙事、现实和历史交相映衬的方法，把宏大主题掰成点点线线，再缝织在民间生活的皱褶之中，按照我个人的经验在自己的叙事领地里淘挖历史的淤泥，寻找呈现和表现的指向。我不想单纯地去描摹种地纳粮带给底层民众生存的尴尬，我更关注农民身上富有国民性的道德交融与哗变，那里除了极具人性光辉的包容、理解与担待，也有隐忍、怀疑与奋争，那才是我眼中的中国农民。我很清醒，在社会变革时期，庄稼汉的传统道德和心理在发生变化、变异的同时，也在显示着无穷的力量。为了展示这种力量，我把小说中的人物还原于西部农村社会淳朴的民风、民俗、民意、民情之中，并借助隐喻、象征、寓言、魔幻的手法，来凸显生活的原色和本相。我不相信形式主义和追风逐浪会让文学永生，我只相信文学创作的规律、纪律和理应抵达的地方。

那么，理应抵达的地方到底是什么地方呢？譬如，你一定想象不到，当一个打工妹和异乡的男子好上了，那就意味着一成不变的乡村生活模式瞬间被彻底颠覆，站在崖畔上，你会发现他们精神的变化千人千面：兴奋，战栗，焦灼，淡定，狂燥，渴望……精神的颠簸，波及的难道仅仅是生活吗？

不用再譬如了，如果不怕掉到炊烟里，就跟我去崖畔。手搭凉棚，视野里的村庄，到处都有眼睛和嘴巴，会眨，会说话。

不能让"津味儿"成为林希的紧箍咒

——林希小说集《找饭辙》(序)

在我看来，文坛对林希小说的研究分明是走样儿了，至少在研究的理念和方法上死钻牛角，人云亦云，以至于造成林希在中国文坛的定位像是雾里看花，绰约不清。罪魁祸首之一，就是"津味儿"这个标签在林希小说浩繁的审美元素中喧宾夺主，人为框定、绑缚了受众对林希的认知路径和考察视角。小说百味，却被其中一味乱了嗅觉。

文学创作的历史经验和教训表明，对一个在创作上有较大格局或者大格局的作家硬性套上某种标签，并不完全是好事情。林希的《找饭辙》《买办之家》《蛐蛐四爷》《天津闲人》《相士无非子》《小的儿》《高买》《婢女春红》等大量小说如峰峦叠嶂，小桥流水，既能在体制和民间囊括高端奖项，又能在海外风靡于案头枕尾，此异数也！他的小说、话剧多以中国近代史的缩影——清末民初的天津为背景，精雕细琢地反映了中国一个时代的都市生活和风情。"津味儿"是其小说中一个鲜明的文学特征之一，恰是这个众口一词的"津味儿"，分明是对林希爱错了主向。这就像当年耍小聪明的评论家非得给天津作家蒋子龙的城市工业题材冠以所谓"改革文学"，粗暴干涉和误判了小说格局，影响了小说丰富的历史反思和批判精神的传播。要说感情是相恋的唯一条件，恐怕鬼也不信，否则纷攘红尘中不会有那么多的劳燕分飞，同床异梦。

有意思的是，作为一个对全国文坛谱系或多或少有所了解的写作者，我发现天津人对"味儿"尤为刻意。我并不是研究天津文学的专家，但就我对中国文学的考察经验判断，一位优秀作家的作品至少在审美理想、主旨抵达和精神提供层面是跨地域的，或者说与地域只是主食与调味品的关系。一方水土之味儿，与呈现一方水土之文学味儿固然骨头连着筋，但骨是骨，筋是筋，本质上不完全是一回事。地域是作者呈现内心的背景而不是文学本身，更不是文学的全部。比如"津味儿"，它不光是地理意义的"津味儿"，更大程度上是作者人文情怀和思想原则的"津味儿"。我在上世纪九十年代在甘肃天水生活时就阅读过天津作家的一些作品，我看好林希作品中那种都市各色人等心灵博弈中弥足珍贵的道德考量，对世俗社会真诚与伪善的层层剥离与呈现，对特定历史时期众生相的精雕细刻，对文学传统的继承、注入和对文学精神的呵护、坚守，这是小说中最沁人心脾的、回肠荡气的"味儿"，这"味儿"是跨区域、跨肤色、跨人种的，它饱满、硬朗、厚重、通彻、诗性、精微、贴切、锋利、鲜活、柔中带刚、兼容并蓄、腾挪有致，完全穿越了读者的心灵。要说味儿，首先是文学味儿，其次是民族味儿，再次是中国味儿。有这种味儿的作家，放眼全国文坛，到底能拎出多少，我不好妄言，但不是心中没有底数。

　　当这一切审美之后的之后，我们得暇思考小说地域特征的时候，理所当然地会想到小说浓郁的另一种味儿——"津味儿"。林希的"津味儿"首先是林希的味道，然后才是天津的味道。这种味儿不是天津与生俱来的，而是林希个人对天津的赋予和呈现，此当一功，功莫大焉！可悲的是，学界对此味儿的研究偏偏掉了个儿，天津先之，林希后之，好比进得花园，你不是在赏花，而是在惊叹花下的泥土；好比夸一个女人，你不是咂品她骨子里的风情，却被双眼皮吸引；好比举杯邀月，你似乎忘了月在酒中，只顾把玩杯子……

　　这是众说纷纭的先天不足与短视，也是林希作为天津人的不幸。

　　时光荏苒，斗转星移。中国文坛早就清醒了，但许多专家对"津味儿"的研究反而闷混不明，有人甚至大包大揽地把作家在生活、题材、语言、叙事、叙述、表达方式以及掌握天津人生活常识的多寡作为是否具备"津味儿"的参照，这是一种怪诞的自找罪受。如果冯梦龙前辈循此法写《东周列国志》的"列国味儿"、罗贯中前辈循此法写《三国演义》的"魏蜀吴味儿"，那就搞笑了。老舍的《四世同堂》《茶馆》等部分作品有浓郁的"北京味儿"。即便当下文坛，随便拎出一大堆儿经典作家的作品，都是很好的证明。莫言笔下《红高粱家族》中的高密，并没有完全依靠齐鲁大地的文脉遗风，而是借助于马尔克斯文学精神的动力和现代主义技法，洋为中用，把一个真实、生动、丰富的高密乡和盘托出，没有人会清浅地冠以"高密味儿"；陈忠实受俄罗斯文学和欧洲文学现实主义手法的滋养，在《白鹿原》中把关中农民的人间烟火描绘得淋漓尽致，没有人会草率地强加"关中味儿"。要我说，林希用林希之法真实描绘了文学的天津，那种难以效仿的排他性和独立性，让弥散其中的所有味儿都汇成了一个标志性的味儿，那就是"林希味儿"。同样的道理，沈从文之所以成为沈从文，汪曾祺之所以成为汪曾祺，完全因为他们在众香国里异香扑鼻。大观园里，牡丹是牡丹，芍药是芍药，凌霄是凌霄，水仙是水仙，但大观园只是大观园。

史界考察中国近代史以天津近代史为样本，这是上帝赐予天津文学界丰厚的文学"乡土"，是天津作家之荣幸和庆幸。但是，当庞大的天津作家群都冲着地理概念的"津味儿"而去，必然阵脚大乱，迷失方寸。七年前，我在《上海文学》发表过一篇反映天津生活的小说《碰瓷儿》，有专家爱怜地劝导我："你把一帮依靠碰瓷儿坑蒙拐骗的天津混混儿们写活了，但不够'津味儿'。"这话自相矛盾到违背常识的地步。如果我用卡尔维诺、博尔赫斯之法描绘天津，是不是算张冠李戴呢？如果我用老家的秦腔演绎狗不理包子和天津大麻花，是不是偷梁换柱呢？旗袍穿在欧洲洋妞身上，你千万不要认为人家不够中国味儿，社火里掺和进芭蕾，你也不要嫌不够欧洲味儿。"味儿"是嘛？说了算的是舌头，不是眼睛。形式和内容永远是对立的统一，非得在形式和内容之间画等号，那不是小说家的做派，那是泰国的人妖表演，越是风骚得一塌糊涂，越是公母可辨。

天津有句话倍哏儿，曰："活鱼摔死卖。"意思是好东西人为折了价。林希自己在"林希味儿"和"津味儿"之间更倾向于哪种味儿，我管不着，但我相信，林希对孙悟空的第一印象，必然是七十二变而不是紧箍咒。研究者摘掉林希头上的"紧箍咒"，必然会有新的还原和发现。

林希从上世纪三十年代的民国一路走来，耄耋资厚，国内外研究者甚众，可他却乐呵呵嘱我这小晚辈作序，你说这算吗味儿？

有种需要叫登高

——"津塔文丛"第一辑总序

想往远处看吗？那好，登高作为一种需要，就不是妄言。

津塔之所以成为天津的新地标，取决于此时此刻的高度。至少在长江以北，津塔无与伦比的高度已经撑起了天津卫眉梢上的自信，同时也鼓起了嘴皮上的得意。在津塔之下摆起来的这套多达十二册的"津塔文丛"，固然并不意味着地理意义的尺码，但有一种理解是错不了的，那就是：对文学而言，身边矗立一个高度，就有了精神的眺望和攀爬的向度。

由此，"津塔文丛"对登高的追求，就有了现实与理想的关联。关于文学，我从来不信邪，都说区域文学在大环境大背景下谋求突围，举步维艰，我认为这是个不靠谱的话题。我常对文学朋友们说，文坛本不是多大的一个坛，所谓文学的圈子更是杞人忧天者自娱自乐的托辞。唯一与你相干的，首先是你扎好马步张弓搭箭后，云端的大雁，是否会因你有所警觉。作家写作的大本营，实际上是自己的心，作家的心有了高度，就会在攀登中改造自我，在绝顶上评判自我，在回眸中成全自我。当文学的箭镞带着尖啸飞出窗外，飞向辽阔，天空和大地上就到处都是你灵感的猎物，大雁有之，白兔有之，你要吃老虎肉，也不是没有，这与动物保护无关。

津塔的高，来得突然，却也是过于迟到，但毕竟终于来了。天津卫几乎在津城的任何一个角度，能够第一时间看到她。你看她的时候，她必然也能看到你。你能看到她，是因为她高；她能看到你，也是因为她高。我的希望是，你的作品期待读者的时候，读者也在期待你的作品。道理是简单的，越是简单的道理，越来自复杂。透过光洁漂亮的外墙，津塔的内部结构是复杂的，文章也如此，我们每个人有必要十分冷静地自问自答：形式的内外，我们都干了些什么？自问容易，自答，务必选择客观、慎重与冷静。

近期，在中国作协以及有关高校举办的多种文学论坛上，应邀参与了几个话题的讨论，诸如什么是好小说、小说的标准、什么是中国小说的样貌等。七嘴八舌的争论之后，我首先想到的是，绵延千年的中国文学发展到如今，居然可悲地陷入最基本的原点而难以自拔，必然是作家与专家同时犯神经了。我不希望这样无趣的争论影响作家们的创作。做好自己，超越自己，最终，自己会不断地被自己刷新和颠覆，永远以全新的姿态与读者的目光对接，这就够了。我熟悉身边的这座津塔，一如熟悉这十几位作家和他们的作品。他们有的是颇具名望的文学前辈，有的是津门中青年作家队伍中的中坚，有的是崭露头角的后起之秀；他们当中有的已经出版过两三部，乃至五六部长篇小说、散文或诗集，有的是第一次将自己放飞在报刊的文字拾掇成书；他们的作品有的被中国作协列为重点扶持项目，有的入选中宣部"给中学生的百种图书"，有的获过各种奖项。作为一名还算有点经验和教训的写作者，我当然不认为这一揽子光环就是他们登高所得的标志性收获，但是，在一个缺乏标志、机制、说法、原则和纪律的时代，如果非得忽略这样的光环，显然过于刻薄、尖酸和小聪明了。好作品当然不是为应景随俗而来，他是历史和心灵的记录，最终对作品享有裁决权的，一是历史，二是读者。文丛中的多数作品，无论是小说、散文还是诗歌，应该说或多或少靠近了这一点，这不是我的一家之言。逐一打开书稿，你会发现每一部作品的写序者大都是享誉津门、德高望重的老作家、老编辑，他们能够拨冗写序、屈尊发声，就不是单纯的认同与首肯。作为这套文丛的驱动者，我的目光在《散文》杂志原主编贾宝泉、《天津文学》杂志原主编谭成健、《通俗小说报》原主编冯景元、城市史专家郭凤岐等几位老先生留在文丛中的精美序言里诸篇徜徉，他们对"文丛"作者们的扶掖之心和舐犊之情，似琴音铮铮，让我感动。这是"文丛"作者们的幸运，同样，读者会触摸到另一种高度的来历。

无论是区域的文学登高，还是一个人的文学登高，都是登高。登高永远是相对的，高中有低，低中有高。好在登高恰恰既是可遇的，同时也是可求的。文学离开了登高意识，就会沦落为一堆儿汉字笔画的烂柴火，一如地标坍塌后的瓦砾。"津塔文丛"所囊括的这二百一十多万字，有些代表了高度，有些尚在高度和低度之间游曳，这种游曳可视作蹦跶，蹦，再蹦，抛物线式地渐进，游曳好了，就会在高处晒太阳，游曳不好，就会在低谷溺毙。我对"文丛"的编辑们说过："作家展示自己的平台很多，作为集体亮相，不一定非得拿出最好的东西，但是不能缺少登高意识，没有这种境界，就活该像井底之蛙，在坐井中哀叹，在观天中灭亡。"

　　话是丑了一些。在实质问题或者问题的关键时刻，我从来不习惯说漂亮话的。在我看来，没有足够的压力就没有至高的井喷。写作者必须要有勇气怀疑自己。怀疑，意味着大脑的高度清醒。清醒有了高度，另一种登高的力量，会悄然成为创作的脊梁，用来支撑未来。

　　"津塔文丛"会不定期出版下去，其前景必然在登高中攀升。

又是登高远眺时

——"津塔文丛"第三辑总序

登高远眺又一年，津门像期待的一样，一扇扇的，在开。

簇拥着津塔的津湾，像是七八年间突然从老租界地万国桥下打捞出来的一镰明月，弯弯，翘翘，弯给当下，翘给古老的渤海湾。月落海河，如船泊津门，直插云霄的津塔便是一根桅杆，洋溢着蓄势待发的锐气。津沽的版图，因之变幻多端，氤氲着天津卫当下不俗的容颜。

"津塔文丛"第三辑像负载着文学名义的船队，出港了。

文学的形象，从来不是靠土木工程堆砌起来的，否则，就有了堕落为形象工程的可能。我在全国短篇小说座谈会上谈过，检阅文学，需要的是理性的缜密判断，不能光靠文学评论家的学术经验和文学视角，其中历史观、哲学观、社会思维是最不可或缺的。这一点，恰恰是中国文学理论界的软肋。我们"地方"上的作家如果不充分醒悟到这一点，所有的文字就会搁浅在所谓文坛的"坛"中，成为瓮中之鳖。在我看来，"津塔文丛"第三辑的出港，实质上是又一次检阅。无可否认，检阅文学的形象，其实是一件十分困难的事情。

越难的事，最是回避不得。迎难而上，邂逅机缘就不会是传说。

因此，我们无论如何得拿下"津塔文丛"这项工程。第三辑和滨海新区的中国经济"第三极"概念，不谋而合地有了谐音的意味。成熟期的作者和读者，当然不在乎宿命。但第三辑注定是一个不小的湾，大大小小的船只，风帆猎猎，鱼虾满仓。此刻，要问津塔到底有多高，已不重要。过客的争论，比事实更具魅力。高度，不是你我说了算的，拥有话语权的，只能是岁月。我们所做的一切，都在给岁月一种提供，一个标识，一段文学的话题。文学因此而古老，而新鲜，它永远不会渐行渐远，它是以作家为核心的一个圆。

读者一定还记得"津塔文丛"第一辑、第二辑的模样儿。在第一辑里，我们以个人文集的形式，推出了十多位作家的小说、散文、诗歌和文化随笔。而第二辑，我们采取了以天津市近代史为背景，以天津市核心区历史文化遗存、民族商业品牌等人文元素为表现对象的"立项创作"的办法，面向全国范围招贤纳士，最终确定了十个文学项目。文学不是速成品，所以从第二辑的启动仪式开始，我们用安静和淡定表示了我们足够的期待和耐心。有一点我是相信的，两年后、或者三年后的今日，项目的最终呈现形式，会毫无悬念地成为天津文学的风景之一。尽管项目的承担者在签约仪式上留下了他们的信誓旦旦，尽管媒体以"率先""填补空白"等字眼儿概括了项目于天津文化、文艺、文学的多重意义。但是，面对文学的规律和门槛，冷静如我等，至今仍然不好断言这样的风景会绽放什么样的美丽和看点。好在有一点不容置疑，第二辑更多的承载、内涵和意义，早已超越了项目本身。我不会轻贱地认为我们是在抛砖引玉，在我的内心，我们的作家们本身就是玉。我不会以玉的价格论价值，一如月亮上掉下一块普通石头，纵有百玉，岂可换得！

比之前两辑，第三辑更多地具备了荟萃的意味。半个世纪以来，这里陆陆续续走出了孙犁、梁斌、方纪、鲁藜、蒋子龙、冯骥才等在全国文学星空里灿然耀眼的大家。天津作协实施签约制以来，天津文学院合同制作家群中的半壁河山，大都在号称和平的这片古老租界地构建了他们文学最初的发射塔。我们之所以选择近十几年来活跃在这片土地上的作家为主体，而不是无原则地追溯穷揽，主要考虑了三个因素。一是我们通过各种文集、选本，已经感受到了上世纪六十年代直至九十年代初天津作家的大致面貌；二是和平区作为都市中心海纳百川的精神气魄，构成了它一朝一夕不同的文学景观；三是我们期望让这样一套文丛更靠近当下而不是沉湎于过去，便于我们伫立津塔之巅，远眺苍茫。远处，实质上就是未来；苍茫，那是文学的后浪与前浪的关系。

于是，第三辑就有了洋洋洒洒一百五十万字的全新姿态，有了中篇小说集、短篇小说集、散文集、诗歌集、评论集五束文学光景。数量上，我们做了严格的涵盖和调控，而质量和标准上更是树立了新的标杆。比如，每个作家拎来的家伙，至少是在省市以上报刊公开发表的、具有一定档次的作品，其中中短篇小说人均仅限一篇，散文人均两篇，宁缺毋滥；诗歌方面则以"七月诗社"的诗人或者长期参与诗社活动的诗人为主体，作为天津诗歌的桥头堡，我们会让每一个曾经影响过读者的诗人，衣袂飘飘地从桥上走过；关于评论文章的筛选，我们绝不在乎这片土地自产自销过多少文学评论，而是把着眼点放在全国，通览整个中国文坛对这片土地的观察与反应。有人认为这是我们的一个创意，这也不重要，我们的基本理念是，地方作家如果一味沉湎于小圈子里徒劳的、毫无价值的你追我捧，将注定沦为地方粮票，越过天津边角，便是废纸一张。我在讲座中说过，文学是强硬的核桃，生就挨砸的货，砸烂了，挑破了，醇香自会展翅飞来。

为了打理好这五本书，我们特别邀请了肖克凡、李治邦、林雪、闫立飞、扈其震等五位作家和诗人担任中篇小说、短篇小说、诗歌、文学评论、散文的分册主编。他们对这方土地的文学，最是明察秋毫，见微知著，一叶知秋。

文集中的一些作品，读者应该不全陌生，也许大家早已通过各种文学选本、选刊、报刊零零星星地感受过某些面孔。这厢集中，就是一方文学的集市。所有前来赶集的人，没准儿会找到属于心灵的对方，纵是骑着马来，也不会走马观花。

秋意合围了津塔，拾阶而上，天高云淡。

双语呈现中的津门内外

——序英汉长篇专著《天津城市民间文化之韵》

大凡城市精彩处，风光必在门里门外，何况，此地乃津门。

昔日的津门，开到今日，已经越开越大，不是一扇，而是多扇。我和英汉双语著作《天津城市民间文化之韵》的主编刘昕蓉，尽管谋面不多，但我们每天都要在这个"门"里出出进进，我们都知道每一扇"门"上斑驳的中国近代史印痕和当年的三岔口传来的低吟浅唱。我供职的一家文艺单位位居天津城市的轴心——中心花园地区，这个一百年前由法国人建造的公园曾一度称作法国公园，日本占领时期，易名中心公园，抗战胜利后又被民国政府易名罗斯福公园。昕蓉供职的天津外国语大学位居"中华十大名街"之一的五大道地区，从我这里到她那里，要顺理成章地穿越和平区的重庆道、常德道、大理道、睦南道，直至马场道，几乎不经意间，各具特色的"万国建筑博览会"已经轻轻打开了时代天津的另一面：法式、日式、英式、美式、俄式、德式、西班牙式……

身处这样的岁月屐痕和文化氛围，当百年风云际会之后的欧陆风情轻轻拥揽了这位年轻的女翻译家，刘昕蓉和她的团队对天津文化的编撰、书写与表达，无由不让读者产生种种美妙的遐想和期冀。一概，一览，那些意料之中的，意料之外的，《天津城市民间文化之韵》均会告诉你：津门内外，嘛叫同与不同。

就我的阅读经验来看，万千图书大凡有别，必然与不俗的内蕴与品质有关。刘昕蓉显然谙熟津门的每一道文化之门，她跨越汉文化对事物的认知门槛，用欧式语境，烩成了适宜在世界视野里共享的天津文化盛宴。津门内外，一英一汉，一洋一中，所谓"Tianjin Culture"，借天津话，倍儿津津有味。我想，《天津城市民间文化之韵》之所以被业内认为是一本与传统视角和惯常呈现有别的书，理由无怪乎三点，一是作者对天津传统文化的深刻理解和现代视角下对天津历史的考察；二是作者的文化素养和艺术敏感；三是西方文化理念和扎实的英语表达水平。

放眼中国城市，何止千百，但是，"地当九河津要，路通七省舟车"的天津全然是另外一番生动。当"五千年中国看西安，一千年中国看北京，一百年中国看天津"成为世人的共识，天津在中国近代史中的地位和角色，本身足以构成一部大书。这个只有六百多年的镶嵌在渤海湾之畔的海上门户，每一寸关节和肌肤，几乎都打上了中国近代史最为明显的烙印：洋务运动、北洋新政、九国租借……列强与家国的博弈、世界与民族的链接、坚守与融入的阵痛，构成了天津别具一格的文化背景。《天津城市民间文化之韵》的巧妙与智慧在于，它从历史的土壤中，着意收割岁月孕育并结出的文化五谷和文化杂粮，用世界共性的价值判断和中国民间的独立视角，筛选那些逸散着天津味儿的、最具生命力的部分，于是，就有了《繁星璀璨：丰富的天津戏剧》《敲、诵、逗：天津曲艺杂谈》《绝招与内涵：文武相容的天津杂艺》《传承与引介：天津音乐的特色》《华彩花会：天津民间舞蹈盛宴》《民艺绝活：天津本土艺术的辉煌》《卫嘴儿文化：天津特色饮食》《津味妈祖：津味特色的民间信仰》《八旗与布衣：天津传统服装饰物文化》《庭院与楼牌：天津传统民居》《马场风流：文化娱乐形式及场所》等十多个章节的起承转合与和风细雨。刘昕蓉和她的合作者们，俨然媒体时代一个个气质高雅的使者，向中外客人拉着一个个天津文化的家常，比如狗不理，比如五大道、比如京剧，比如相声，比如杨柳青……

这是诠释天津、梳理天津、推介天津的另一种方式。使者们是站在中外的门槛上，兼容并开放，延伸并拓展，顺理成章地突破了单纯汉语呈现的局限与模式。英语世界因天津多了几分曼妙，天津因英语世界平添了几分底气。

有专家告诉我："昕蓉与她的合作者们，既照顾了西方的认识习惯，也体现了中国传统的审美，充分体现了成熟的翻译智慧和文化底蕴。"我的理解是，昕蓉在用自己的方式，试图掀开天津民间文化的面纱。这样一本书的出笼，我相信喜欢它的读者或读者群必将是多层面的。在一个充满期待的全球化的语境里，轻轻打开一扇门，往往是一次心灵之旅的开始。门外的路径两旁，鸟语花香。

在我看来，刘昕蓉是一位对事物颇具审美的女性，她对美的观察有着天生的敏感。她很清醒，当六百年之后的天津当下，在经济全球化时代一跃成为中国经济的"第三极"，支撑这个城市精神的文化应该是什么样子。她既编著、译著过《国际市场投资高手案例分析（英汉对照）》这样专业性、操作性很强的职场图书，也担任过英语学习视频《纯正美国英语发音教程》的讲解人；既合作编著过《心路之感悟篇》这样的大学英语课外素养阅读系列，也编导过妙趣横生的英语剧目。当一位知识女性的日常生活里融入了教育、教学、创作、编著、审美、编导这样的元素，读者足可以想象，《天津城市民间文化之韵》在怎样拓展着一方文化的传播疆域，天津文化的品相，因这样的疆域而活色生香，要嘛有嘛。

这是一部有担当的书，首先在于背后有一支敢于担当的团队。担当之下的城市文化，无由不兴；担当之下的传播路径，无由不广。

一滴水的文学矿山

——长篇纪实文学《在水一方》跋

对我而言，与《在水一方》这本书同等在乎的，是孕育这本书的记忆。

小小一滴水，在安全与不安全之间，咆哮如海，沉重如天。这是一份血浓于水的生活与文学的双重记忆，其中人与自然、人与人、人与岁月、人与生存、人与梦想的所有背景，铺展开来，竟是一滴水。苍天之下，大地之上，这滴水吸附着我文学神经上萌动的良知和冲动，于是，我记录了，书写了，纪实了。

当一滴水和乡民平实的日子构成堡垒般的纠结，面对那种与生俱来的坚实和深奥，我告诫自己，只要迈出，就必须义无反顾。

我的行走开始于二〇一二年五月三十日的北京，历时四十八天，先后抵达重庆、贵州、广西、云南、陕西、宁夏、甘肃的二百多个乡村。我的交通工具除了飞机、火车、小车和轮船，重要的是我自己的两只脚，我在用我四十二尺码的脚丫子，丈量中国农村饮水安全与饮水安全工程的内心与表征。我深知自己作为普通动物的局限和无奈，所以我无限调动了自己惯于政治学、社会学、历史学、地理学角度思考问题的小聪明，在每一个古代、近代、当代水利工程面前，我会对周边的沟壑、山峁、沟渠、深井、堤坝、功德碑久久注视，我的目光和岁月默契地像一滴安全的水，这种默契远远高于交流。我让观察与思考同步，把智慧放逐于历史和现实的交锋之间。一番切入，疏朗明晰的领悟如千堆雪般卷来。史前的古人和新时期的今人、各个王朝的执政者和最为普通的公民，在水面前，正是因为有了坚持和付出，才有了历史与社会在繁衍生息中的经久不息和薪火相传。弹指一挥间，遍及九百六十万平方公里的一百多万个中国农村饮水安全工程终将成为历史，它与古人的创造对接得天衣无缝，你甚至不会认为它是传说，尽管，它的确像传说。当二〇〇五年以后，从千万年岁月里一路走来的乡民们，在这一代，在这一代的某一天，在某一天的某一时刻，撂下祖祖辈辈挑水、背水、曳水的扁担、背篓、木桶和井绳，在自家院子、厨房用上了水龙头，喝上了自来水，这本身就是注定了的时代传奇。我相信，若干年以后，中国农村饮水安全工程将和刘家峡、葛洲坝、小浪底、三峡大坝一样，在历史中与都江堰、郑国渠、坎儿井、灵渠相呼应，与盘古开天、与大地湾的尖头陶瓶、与大禹治水相呼应，由传奇演绎成一段美丽的传说。在传说里，美丽的石头会唱歌，歌声里所有对美的讴歌，都离不开一滴水的气质、身段与妩媚。

作为中国农村饮水安全的第一个文学书写者，我无法用"荣幸"二字概括我的内心。漫漫跋涉的日子，我曾有过在贵阳、北海、安塞、隆德、天水、天津的夜晚，通宵整理笔记而彻夜难眠的纪录。我不是个多么勤奋的书写者，但每一段水利历史的斑驳印痕、每一处饮水工程背后的故事、每一个家族因水的兴衰、每一位山民讲述的家长里短，往往让我欲罢不能，亢奋激动，我很清醒这一切对一位写作者的所有意味，在水里，也在水外，烟波浩渺。

面对扑面而来的热情和真诚，我的行走无法不做到一丝不苟，它具体、客观、有板有眼，最终需要依靠方块儿汉字来编织，所以我的手、眼、身、法、步都在尽可能最大、最多地获取信息量。许多省市的地方政府、水利部门和村民给我提供大量信息和建议的同时，也给了我感动。在田间地头，在建设工地，我们的交流和讨论往往与子夜的月亮和星星相伴，有些省市的水利人、作家为了给我提供一个信息，会早早守候在我下榻的宾馆门口。我的笔记本里保存了三十多个普通水利人、司机、村民的姓名：重庆的邬发荣，广西的申至敏，云南的文松林，陕西的李刚、刘军……是他们，无怨无悔地陪伴着我翻山越岭走村串巷；是他们，按照我考察的思路及时调整、物色采访对象；是他们，把我搜集到的二十多个种类的四十多本图书、十多个光盘、三十册文献资料寄到了我天津的案头。二〇一二年九月，当我在天津的书房观海庐以每天一万字的速度敲打电脑键盘的时候，他们仍然和我保持着"热线"联系："秦岭老师，我又搜集到一个农村饮水安全工程的故事，想提供给你。"每一个电话，都是一份诚恳和责任，让我关于一滴水的文字，更加靠近文学的安全。

在崇山峻岭和大漠荒原之中，我没有感到一丝的枯燥和寂寞，每一次飞机的起降，每一次开拔和抵达，每一个此岸和彼岸，我的手机短信都会接收到温馨如春的牵挂和惦念，保证了我冷时没着凉，热时没中暑，像一只不知疲倦的山羊。曾经，享誉海内外的黄果树瀑布近在咫尺，风光旖旎的桂林山水仅一箭之距，壮观神奇的西夏王陵就在眼前，我都无暇、无意靠近。农家自来水，最是眼里的风景。

总觉得，面对一滴干净的水，说感谢的话是轻飘的，何况配合我完成这本书的古道热肠者实在太多，比如年逾古稀的已逝中国作协副主席陈忠实、水利部副部长李国英、中央电视台节目主持人朱军，与他们的专题对话，我能感觉到那一刻的空气温润而通彻，因为空气里有水，人间有水，我们的身体里有水。水的安全与文学的安全，一衣带水，唇齿相依。当六家出版社使出浑身解数争取这本书的出版权的时候，金秋十月，《在水一方》被列入中国作协二〇一二年度重点作品扶持项目，我在中国作协的座谈会上说了这样的话："我相信，我会写出一本让读者感到安全的书。"

三十万字的一堆儿汉字就要付梓了，四十八天的记忆却丝毫没有放过我的意思，她娇羞地轻轻牵扯我二〇一二年的衣袖。丹桂飘香的日子，中国小说学会年会在吉林长白山召开，评论家段守新叮嘱我："你考察和思考的方法，为你下一步写出事关中国水文化的属于你自己的小说，有了许多可能。"此刻，我对记忆的每一次回眸，已经从纪实进入小说，所有的事件和人物，开始以另一种艺术形式靠近水，也靠近我。

一滴水，是我文学的矿山，让我迎来的二〇一三年意犹未尽。

最是文学校园时

——《天津市大学生散文大赛优秀作品集》序

这是大学生的文学，也是文学的大学生。

当一本书诞生在大学校园里，字里行间会有风的行走、阳光的飞翔和朝气的徜徉。这是她的区别，也是她的面貌。《天津市大学生散文大赛优秀作品集》分明是带有声音的，这是天津大学生在这个时代对脚下这片土地的一次集体发声。她在这个春天分娩，构成了天津大学校园乃至天津文坛一道明亮、秀丽、清新的风景线。如果说耸立在海河之畔的津塔是天津的地缘和精神向度，那么，大学生们对天津的书写，分明有着眺望、平视与俯瞰的意味。编入作品集的八十多篇华章，均以脚下的津沽大地为背景，借天津以抒怀，托天津以言志，婀娜多姿，色彩斑斓。她像大学生们的精神高地，让我们看到了当代大学生的人文情怀和思想境界；她又像广袤的渤海之湾，承载着千帆竞发的魄力和气象。有位老作家对我感慨："在这个容易迷失自我的年代，静下心来慢慢感受当代大学生的内心，这种感觉，真是久违了。"

物质和新媒体时代，曾经风靡一时的校园文学早已在多元化世界的挤兑、蚕食和覆盖下显得形单影只、鸾孤凤只。即便在小众化的文学空间里，美妙的异彩纷呈仍然十分有限，随风逐浪和时尚流俗随处可见。但大学生们的散文创作始终像深谷清溪，她不会被反复无常的气候所左右，不会被变幻交错的时空所迷惑，他们立足于学习和生活的现场，相信自己的眼睛和判断，遵循内心的真诚和感受，像操场上的竞技，舒展着绿色草坪上的豪放；像月光下的吉他曲，清泉一样自然流淌。在《津味无穷》《走在张自忠路》等文章里，大学生们对天津历史、人文、地域的遐思和追溯，多源自内心，有着自己独立的认识和判断；在《煎饼与果子》《北洋四季》《找画儿》里，蓄满了大学生对第二故乡醇如津酒般的情感、绵长如墙子河般的依恋；在《天津的风筝》《故土》《师法自叙》《书写天津》《一个人，一座城》、《生息》《梦中的她》里，我们似乎能听到大学生们在津沽大地的每一条百年老街上，每一片梧桐树的浓荫下，每一处巨变的热土上，每一幢欧式风情的建筑旁，每一艘缓缓驶离天津港码头的巨轮上或铿锵、或细碎、或轻盈的脚步声。这样的文字，这样的心曲，这样的气息，鲜活而灵动，纯真而干净，注定属于青春，属于书生意气，属于花样年华。翻开这本书的一页一章，一如打开丙申年这个春季的绿叶和花瓣儿，芬芳吐露，蜂恋蝶舞。初升的太阳在这里，绵绵的春雨在这里，青涩的滋味在这里，绚烂的梦想在这里，飞翔的翅膀在这里。青春，是她的名片，也是人生的品牌。

由于她婉拒世俗和偏见，排斥芜杂和桎梏。她在文学的季节里，显得亭亭玉立，落落大方。

在津的莘莘学子，来自世界各地、大江南北。如果说《天津市大学生散文大赛优秀作品集》是大学生们青春的篝火，那么，我有幸见证了收集柴草、击燧取火的艰辛过程。五年前，天津师范大学文学院的范伟、刘卫东、商昌宝、段守新等几位青年学者与我晤谈，希望与我所在的单位加强合作，进一步利用天津市高等院校现当代文学研究领域的资源，瞄准国内大学文史教育教学的前沿，构筑教学、网络、实践三者联动平台，尝试为从事文史类教学与研究的教师们开辟理论与实践相结合的第二课堂，通过促进一线教师、文艺理论专家、报刊编辑、著名作家、网络平台与大学生之间的互动与交流，探索高等院校开放式教学的新路径，激发大学生们对文学的热爱和兴趣。《天津市大学生散文大赛优秀作品集》的付梓，与其说是征文比赛结出的硕果，不如说是他们宏观蓝图中的一朵云彩，是全面提升当代大学生的文艺审美和文化素质的又一次尝试，又一次实践，又一次召唤。这让我想起他们于二〇一三年组织的以微小说为主要形式的首届"津塔杯"征文活动，当时，大学生们踊跃投稿的热情、思考人生的高度、感悟生活的情怀，让我为之动容，感慨万千。两次征文，可谓珠联璧合，前呼后应。我想，留给大学生的不光是青春的记忆，在岁月的流年里，每一个拥有文学的人，精神的天空，永远一片瓦蓝。

组织者的主旨和初衷，如果放在上世纪八十年代，一定并不鲜见，但放在大学教师普遍存在教育教学压力的当下，却形同异曲。没有人指令或动员他们这样做，他们完全从职业操守和文化人的良心出发，利用大量业余时间忙乎着自认为值得付出的事情。在我们共同的微信平台上，我常常能感受到他们全盘策划的焦虑、开诚布公的争论、搜集稿件的执拗和审读评判的笃真。时光在流逝，精力在耗费，困难在递增，生活在俗世中的我，曾试问其中一位："意义何在？"答曰："作为大学老师，最不该轻视的，是学生的热情。"

因为不该轻视，因为热情，于是有了天津市写作学会、天津师范大学文学院、支点文学网、天津市和平区文联等多家单位联合组织的"'津塔杯'天津市大学生微小说大赛""'津塔杯'天津市大学生散文大赛"，有了南开大学、天津大学、天津师范大学、天津理工大学、天津职业技术师范大学、天津科技大学、天津工业大学、天津财经大学、天津外国语大学、天津城建大学等十几所大学广大师生的共同参与，有了成千上万稿件在投稿箱和网络中的穿越、飞翔和云集。编入集子的稿件，既有获奖作品，又有精品佳作，可谓优中选优，披沙沥金，既像一次荟萃，更像一次集体亮相。尽管，在这样的大观园里，文学表达的青涩、矜持、顾盼、率性依然清晰可见，才思的花瓣儿掩饰不住笑靥的慌乱，叙事枝头的犹豫、摇摆与踌躇，也让我们为当代大学生们文学理想的彼岸不无担忧。好在，我们欣赏到了东风吹绽花千树的模样。只要盛开，美自会来。此刻的我尚不能判断她的价值与承载，但我能感受到她的厚度与分量。这是尺子量不出的厚度，是秤子秤不出的分量，她存在着，而且有了。她既属于校园，也属于校外，她是一枝红杏出墙来。

最是文学校园时。青春是打开了合不上的书，比如这本。打开，就是一片天地。

算是序了吧。

但愿都不是幻想症病人

——小说集《幻想症》自序

落下这个题目的时候，原以为会吓自己一跳，结果没跳起来。此刻的窗外，行人如蚂蚁般匆匆，我不知道他们都在幻想什么。

小说集《幻想症》其实借用了我一个短篇小说的名字，它未必能够代表我所有小说的样貌，可我突然发现，我的很多小说里，那种幻想症的病理气息，像癌细胞一样在许多主人公身上或多或少寄生并弥散。幻想和幻想症肯定不是一码事儿，可它真的就差一个字。如果你承认我们共同生活在历史与时代的纵横与交错里，承认你是命运的十字路口尚且在彷徨、纠结、渴望、无奈中的一员，那么你如果仍然认为与幻想不搭界，其实已经算是幻想症病毒携带者了。啥叫幻想症？幻灭的幻，理想的想，重症的症。你自个儿把脉吧，拿右手把脉左手，或者，左手把脉右手。血管在那儿，无须教你，很简单的事儿。

幻想当然不全是坏事，它一定是兜满了期待、热情与希望的，假如兜它的是竹篮，躲不了一场空；兜它的是钵盂，必然固若金汤；幻想症也未必就不好治，完全取决于拿什么来疗伤，至于这个什么到底是什么，诘问到这里该打住了。小说，不是用来提供答案的。有人说小说就是小声说话，而我，只想把发现的秘密悄悄告诉你。比如，东家的长和西家的短。我的天！那个长，那个短啊！啧啧。你爱咋想就想吧，世界有时本来像下半身，只是委屈下半身了，它那么客观，真是没错的。

编选这个小说集，思绪竟有点儿趔趄。曾试图把近年发表的中短篇小说来一次提炼式小结，却不知何处为始，何处为终，显然是幻想在作祟。这个必须得认下。时至今日，我试图用对视的方式读懂世界，明知一厢情愿，却执拗得像一头犟牛。世界是没有眼睛的，它像瞎子一样盲目存在，它在威逼着你走向幻想的不归路，却要和你做思想的掩耳盗铃。这玩意儿嘛，两个蹄子的人会，可四个蹄子的牛会吗？咱不能怪进化论，一定是人类文明的标签在某个时间段上，受潮了，皲裂了。于是，当我在《人民文学》《当代》《中国作家》《钟山》《芙蓉》《长城》《上海文学》诸刊遴选这些中短篇小说的时候，再次重温了笔下曾经的男人、女人，包括走失的马和死去的狐狸，也包括计划生育手术台上那双只属于小媳妇的眼睛。你猜我是啥反应：哑然失笑。像完成了一次无奈的反刍。这些小说大都入选过全国年度最佳小说选本，有的登上过中国小说排行榜，有的获过这个奖那个奖，可我就是没想到，当出版方催促我给小说集取个名字的时候，我第一时间想到了《幻想症》，这是我发表在《解放军文艺》上的一个短篇。喜欢我的读者知道了，这是一个因为害怕历史而装哑的中国女人，担心说梦话而割掉舌头的故事。你别担心这样的故事是否惊悚或不实。人就是这样，挨枪子儿死人似乎可以常态，割半截舌头反而费解了。我不能说这是你历史观的局限，我只能说你已经得幻想症了，而且患得下落不明。当你被五花大绑到生命的绝境，一条命和一个器官，你想选择哪个？壁虎、苍蝇、蜈蚣都会的事儿，你不可能不会，除非你连起码的条件反射都没有，除非你是个植物人。植物人是不会幻想的，世界有他，他没有世界。一如我非常清醒植物人里没有我的读者，但我眼里是有植物人的，当阳光毫无疑问地洒在他身上，我无法质疑他的微笑。

话是有些毒了。我当然不希望大家都得幻想症，这不是闹着玩的。懂我的读者都知道，我是个善良的男人。

算是自序了。

务必眼观六路

——散文集《眼观六路》自序

说不准是多心了吧，散文在我眼里像小说的后花园，无论开花还是长草，都不惊不乍地在篱笆的另一边。散文的眉眼比小说要难揣摩一些，可她的气息仿佛被篱笆筛过了，更具撩拨的意味。好在散文可以怀揣自由和警惕感受世界，于是我给这个散文集子取名《眼观六路》。

在某次以散文为主题的"中国文学论坛"上，我发言的题目是《散文是文学的形意拳》。我不是搞武术的，但对南拳北腿也略知二三。散文与小说最大的区别在于有形有意，或者无形无意。无论有与无，你都不能小觑它的根基和来路。就像一个女人的肚子，你如果单纯地理解为丰腴，必然短视了些，说不定里面窝着个娃儿呢。我这样唠叨的本意，仍想说明眼观六路不像做 B 超那么简单。咱都不是孙悟空，女人们也都不是铁扇公主。

在拳术上，形意拳最讲求眼观六路。小说似在聚一点而为之发力，有高压锅蒸米饭的意思，散文则完全是大地上散养的买卖，它自由到洒脱、随性、不羁、宣泄、放逐的程度，随手拈来，皆是内心与世界的一次双向旅程。所谓旅程，最基本的是要抬头看天，低头看地，中间看自己与世界的关联。抬头低头，都是为了守候中间那一大截念想和渴望。不记得从何时起，我的一些散文渐次被纳入全国各类年度散文选本，被作为省市乃至全国高考、中考、联考试卷中的阅读分析题。不是说凭此就能证明自己的散文得尺了，进寸了，也不是说这样的散文是俏了，还是壮了，它至少让我感知到自己内心某种柔软的信息在期刊、选本的编辑那里，在千万学子那里，完成了一次饶有趣味的分享，一如篝火与烤全羊。这种分享因为受众的特殊和不同，或多或少让我感动了一下子。仅此，已经够了。咱没有蛇吞象的胃口。咱的胃里，该五谷时五谷，该清茶时清茶，当然也不排除偶尔来点小酒。不一定非得吃好的，吃真的就可以了。这世界，为食品安全把门的人比草鸡还多，可你真信了他们，草鸡会乐死你的。眼观六路时，得自个儿留点神儿。

散文最是柳暗花明的。我欣赏同行们或通透、或含蓄的抒发，但我也有坚决不认账的一面，比如才情的巫气和情绪的瘴气。当然，与自己的小说一样，我也始终对自己的散文存疑，我尚能努力的就是眼观六路。至于散文的六路具体是吗，我这里也是一笔糊涂账。只晓得散文是个大世界，而真正的世界面对散文，它又非常小，只不过是一堆文字。就像我，站着是我，蹲着，也不是别人。至于别人是谁？姑且算做你吧。

好像啰唆了些，写这类东西，还是欲言又止了好。

在海水与天风之间

——史文华遗著《海水天风》序

海水荡荡，天风猎猎。虎年的正月，人间多了一本书：《海水天风》。

世界已经容易让人生疑，唯有浩渺的海水和雄浑的天风，景观一样在天地之间构成亿万年不变的真理。而无时无刻不在像浮萍潦草一样改变的，恰恰是芸芸众生。留住《海水天风》，就是留住先生和亲友们的默契。

"徒闻子敬遗琴在，不见相如驷马归。"《海水天风》的作者早在八个月前就过早地走完了人生的所有旅程，人们习惯上把他抵达的目的地叫天堂，据说是个十分美好的地方，却没见得人们趋之若鹜争相前往。但是，他去了，一个人，没有行囊。先生不想在这个世界带走什么，五十八年，对先生来说似乎早就够了，先生的眼睛、心灵乃至每一个毛孔，已经很充分地感知到了这个世界的面目和样子。先生感知这个世界的成本和利润几乎成正比。成本：生命；利润：生命。拿生命当成本，太昂贵了；而收入生命，等于一无所有。他向这个世界挥别的时候，一定轻轻地笑了，是苦笑，是"抽刀断水水更流"。作为亲友们，我们理解这种笑。只是，仅仅为了呼吸，大家都下意识地把人间恩怨塞入办公室的抽屉，把苦笑伪装起来，故作浪漫地活着。

这是一段有温度和长度的生命：公元一九五一年十一月至二〇〇九年六月。

一个人降临这个世界的方式大同小异，但是离开这个世界的方式却大相径庭。二○○八年十月，当脑外科出身的先生意外地发现身患绝症时，毅然决然地悄然离开年迈的老娘，只身去了千里之外的黑龙江省佳木斯深山老林，那里曾经是他斗风雪冒严寒巡回医疗救死扶伤的地方，说穿了，他想把自己生命的句号，更靠近当初青春的誓言。种种的不甘，他第三天又返回了天津，带着黑土地林海雪原的气息，又是一个义无反顾的转身，朝西北方向长驱直入，去甘肃天水的乡村叩问当年遗落足迹深度。靠近和叩问，其实是他和死亡相拥的一种方式，是"风萧萧兮易水寒"。我们不想过多地探究这种结束生命的理念。只想说，这种生命态度，茫茫人间，尚存几许？

什么叫生命的温度和长度，我们不想在这里多做诠释，包括先生的生平。

所有的诠释，在这里是轻浮的。如果读者是真正的朋友，自有体味生命的直觉，不用什么，只用良心就可以了。当然，还应该有德行。

甚至，我们可以理直气壮地对读者进行选择。与作者无关的人，或者与良心和德行无关的人，我们真的不希望他成为读者，我们压根儿就没有让《海水天风》成为畅销书。也就是说，我们不希望这本书拥有无关的读者，甚至不希望他被畅销的浮躁干扰几十万个普通汉字超然而恬淡的叙事。在一个灵魂的底色和形态尚难以认知的时代，我们倒希望，阅读《海水天风》的读者，仅限于与先生熟知或者有朋友情分的人。我们很清醒，俗世中，如果说精神和灵魂也值得怀疑的话，即便是弱智，也无法对生命的温度产生怀疑，除非世界进入连僵尸都可以微笑的时代。我们的期望值并不高，在这个严寒的季节，当您披着厚重的防寒服，以读者的角色咀嚼这些文字时，能感受到作者生命的温度，你就是高级读者。

一次阅读，如果不是良知的邂逅，情怀的相逢，那好，请放下这本书，你，就你，没资格打开它的扉页。

因为温度，这本书就蕴蓄了非同寻常的热量和精神的支撑。

书，在这个时代，远不如书店的房产值钱，那是因为物欲社会的作者和书商强暴了书籍的精神担当和承载。即便如此，一本书的出笼，无不与作者的怀胎十月和一朝分娩有关。但《海水天风》不是出笼，而是一次别开生面的诞生，它与怀胎与分娩的逻辑毫不相干，纯粹是先生生前的几位朋友一厢情愿张罗、促成的一本书。因为阴阳阻隔，稿件搜集、整理、打印、校对、排版、印刷均发生在人间。此刻，除了梦中的相聚，所有活着的人都不知道先生在那个世界在干什么，那里远离人间烟火是肯定的，与世无争是肯定的，那里隔绝了人间的狰狞、下流与无耻，没有什么不被肯定。先生咽下最后一口气的一刹那，也没交代亲友们为他出一本什么书。作者压根儿就不是那种树碑立传的人，在这个惯常于沦丧的周边，如果你胆敢认为一个级别不低却住着四十平方米顶层斗室的人，还在乎附庸风雅追名逐利，那么，值得怀疑的，不是你缺心眼儿，而是你大脑的容积率。

先生以赴汤蹈火的姿态，曾经参与了这个世界太多的被认为神圣的事情，比如辞别娘亲上山下乡、兵团建设、工农兵高校的深造、救死扶伤、"文化大革命"、政企改革、社科研究。说他"木秀于林"，是因为先生生前留下的理论成果实在太多，仅在几十种国家、省市级报刊发表的社科类论文、调查报告、经验材料、演讲稿、杂文、言论就达百万言。就这，还不包括大量发表的医学类、诗词类、随笔类文字。这些文字与机关惯常的应景随俗性文字的区别，在于许多观点、见解和学说来源于先生作为改革者角色在变革时代风口浪尖上的阵痛之思，几近于杜鹃啼血；说他"风必摧之"，是因为即便时过境迁物是人非，他铮铮铁骨上镂刻的信念、信仰永远不会在岁月中剥蚀、弯曲、脱落，那种出类拔萃、鹤立鸡群的坚守和捍卫，总被随波逐流和时尚媚俗指责为不合时宜。多少年了，世俗透顶的所谓文明与进步，给一个新世纪苦行僧的活动空间，越来越窄，越来越小。他，不去天国，能去哪里？

还能说什么呢？在那个被称作火红的年代，先生作为建设兵团系统第一位青年脑外科专家保存下来的大量手术分析资料，一摞摞、一沓沓毛边纸上那密密麻麻的钢笔字、铅笔字和纵横交错的手工绘制图例，一丝不苟，精如湘绣，令杏林后来者望其项背，叹为观止。这又当如何？

《海水天风》只是先生万千文字冰山之一角。要说《海水天风》代表先生曾经在人间的全部履历、思想和智慧，答案当然是否定的。举一例：先生在黑龙江苍茫雪原为许多交不起钱的工人、农民做脑外科手术时，不止一次地悄然把自己身上的鲜血源源不断地输进患者的血管，诸如此类的足以让任何一个时代眼前一亮的精神光辉，先生没有留下任何的记录，这符合先生的性格。再举一例，先生返回天津后的十八年，只字未留。为什么？唯其朋友，心中有数。有数，注定了读者无法通过《海水天风》瞻仰到先生的精神全貌，一如我们望不到海水的彼岸，看不透天风的行踪。

即便如此，我们尚能从仅有的字里行间，感受到海水荡荡，天风猎猎。我们把握了基本的原则，在录入范围上，只录入先生生前有关生活经历、人生感悟的文字；在编辑态度上，力求保持原貌，不做任何修改；在内容编排上，以先生工作、生活的时间顺序为主；在材料取舍上，凡是发表过的文章，即便在体制内高屋建瓴，引领潮头，亦舍之不录。要的，只是洗尽铅华的原色。

这样做的目的，答案唯一：海水天风。

这是一本真正体现原创精神的人生和思想的见闻录和随想录，原创到什么程度？绝大多数稿子都是用疾风寒霜一样的文字一气呵成，类似日记，很少精雕细琢，却晓畅若流，凝重如磐，包括一些诗词。从文学的角度，它不全是精品珠玑，却是百分之百的真品。先生压根儿就没当文学来经营，自留地，自种自收。他"俏也不争春"，宁愿"采菊东篱下"，视野中的南山，有月亮，一切悠然。

此刻，虎年的第一场春雪让津门银装素裹。"萧萧烟雨九原上，白杨青松葬者谁"我们宁可相信苍天有知，阴阳无别，那么，庚寅清明，远在遵化燕山脚下葳蕤松林的香火中，先生在九泉之下会读到自己，进而读到人间亲友们情感的尺度。

不为别的，这已足够。

第三辑

文学自有故乡

不用遥指杏花村，回眸，文学自有故乡。

我知道我文学的庄稼依赖故乡的哪口水井、山泉或者屋檐水，真的知道，否则那些属于我的汉字、语言、描述、叙事就像坡上过了根虫子的蒿草，即便野火烧过了，春风再鼓劲，也不会"吹又生"。

我在另一篇创作谈中如此诠释过作家和庄稼人之间的某种类同：指头是犁铧，电脑是土地。只有人脑和电脑像人和驴子一样构成驱动的关系，我们就能闻到新翻的泥土的芬芳。所谓文学意义的力透纸背，其实就是对现实故乡和精神故乡默契的精度和深度。现实故乡和精神故乡的山、水、林、田、路、人，让文学的故乡冰肌玉骨，炊烟四起，山鸣谷应，这边唱来那边和。

认识抵达于此，同时也就扎到了我文学的软肋。如今要盘点在文学的故乡伸脚踢腿的样子，我反而无可适从，首当其冲的是考验自己的勇气。

西部是故乡。在一些报刊邀约的创作谈中，我无例外地要谈到我的老家甘肃天水，在羲皇故里开阔如天的精神背景下，记忆的屏幕上闪现最多的，是孩提时代母亲给我们讲读评书的情景，是可敬的外祖父煤油灯下抑扬顿挫的"古今"，是前辈压在箱子底下的线装版《三国演义》《水浒传》和首版《山乡巨变》等珠玑文字。一九八五年中学时期发表第一篇作文并在原天水地区征文比赛中获奖的时候，少年的我就在应邀撰写的获奖感言中，别无选择地把文学的启蒙和孩提生活联系起来。我在一本刊物上有这样的描述："上世纪七八十年代的西部乡村，日子像清淡的酸菜，连羊肠小道上的羊粪、牛粪都闻不到食物转化过的味道，而我居然守着酸菜的同时，有机缘守着阅读、回味和思考，据此我有理由认为，孩提背景，是我文学最早的启蒙。"经历无法颠覆，因为经历本身就是答案，纵万般诘问，答案一如既往。

是什么在引导并构筑一个人的艺术方位和雄心？现实的答案很多，比如生活、历练、遭际、知识结构等等。而我唯时代是举，时代才是催生作家的润滑剂。在接受高等教育之前的二十世纪八十年代中期，我曾在故乡的一所师范学校读书，那个时代据说催生了数量可观的作家，但在我看来，那只不过是特定历史时期必然出现的一个罕见的文学汛期，而不是什么所谓的黄金期，它更像一次排洪，因为泥沙俱下，就不可能诞生什么好作品，我只承认那个时代的文学激情。当时的我，未来生活的方向和形态如迷蒙烟雨难以确认，却可以把思想放逐到云端月宫。文学颠簸得我血脉偾张，不经意间，少年的我成为百舸争流中的一叶激进得有些偏执的小舟。那时的文字和审美没有心灵的归宿，只知道把青春的躁动和梦想在缪斯的眼皮下放飞，幻想着将来中国的作家、画家、音乐家里会有秦岭这个符号，于是不惜在早恋的芳草地里勒转马头。最终，文学迫使其他爱好统统下野，在音乐、绘画的废墟上，几十篇小说、散文在《少年文艺》《中学时代》《春笋报》等报刊的处女地上拔地而起。"资历"使我理所当然成为创建校园文学社、创办校报校刊的"先驱"之一。记得当时学校传达室的小杨每周都要拦我去他那里签稿费单子，每签一次，古城劳动路临街的木凳上，就会多一个对着肉夹馍狼吞虎咽的少年。

那个时代值得留恋、欣慰的事情很多，重要的是，在邓丽君、齐秦的歌声里，做了许多的梦，梦有棱有角，咋摸咋有。一九八八年夏天，故乡作协会员名册里增加了一个学生会员，那就是爱吃肉夹馍的我。记得那天学校在南山体育场举办运动会，我把作协会员证带到最要好的同学中间，在男女同学羡慕的眼神中，我看见了又一个自己。虚荣心像一个鼓囊囊的气球，直直地往云彩里飘。那天，我用漫画的技法在笔记本的扉页创作了一幅自画像：头顶天，脚立地，周身赤裸，形如石膏像大卫。

小少年，大野心。课堂上填词云："喝令地球立正，跃马宇宙稍息。"

乡村和校园晾晒了我的性格，打磨了我的理智，冷静开始像冰山一样横亘在青春的胸口。青春和校园文学因为年轻而青涩，外边的世界开始让我无奈。文学岂能当饭吃？这绝对不是我的农民意识，文学在生活的磅秤上，不如一粒尘埃。一九八九年，命运的铁蹄突破我对未来生活形态预想的最底线，把我顺手牵羊到一个叫西口的山区讲台教书，同时给生活嵌入了清贫，把心绪抖弄得鸡毛乱飞然后又夯进砖墙土垒。按理说，小哥哥要走西口了，村口，该有个情妹妹要招招手的，我却无法回头，我知道背后没有泪珠儿飞扬的毛眼眼儿。从十里铺到五十里铺，飞扬的，是尘土点儿。不是不热爱乡村教育事业，更非数典忘祖，而是物欲社会和不规则的社会秩序把我逼上了随波逐流的孤帆远影。躯壳里日渐像丝一样被抽出的，是梦，如炊烟，静悄悄地消失在玉米地和山旮旯中。在与文学分崩离析的十年里，文学的汛期成为记忆，命运却没有让我的河床闲着，变本加厉地流淌着另一类文字，那就是在各级区、县主要领导身边以"大秘"的角色撰写公文材料并从事经济、管理、人才等社科类理论研究。这类写作使我的人生旅途九曲回肠，生活的图景变幻莫测，思想的交锋跌宕起伏。从一九九一年开始，我的步履从乡村到小城，从教育系统到党政机关，从西部高原到渤海湾，从秘书到七品小吏，从赤条条无牵挂到成为天津女子的丈夫和娃他爸。一九九九年，我文学的触角再次支棱起来，以引爆器的姿态靠近了文学的丛林。我在试探，是爆炸？还是艺术的知觉早已老化？"轰隆隆……"这次撞响的，是连环雷。这绝不是我的文学汛期，是我不断增高的思想冰山和不断融化的艺术雪水。我笃信结束意味着开始，我不信所谓的弹指一挥间，我信岁月的黏稠和宽度。在天津生活的第三个秋天，去了一次故乡，感觉土地在开花，所有的石头都在唱歌，麦垛后的老黄狗一笑，宛如一个怀春的女子，酒窝窝里荡漾着相思的气息。

文学的回光返照，激活了我身上久未启动的调节系统，灵感在我思想和生活的沼泽里彩虹飞架，思维方式迅速一分为二，在官场的精神追寻下暗自调整了指向。在后来短短的几年里，我用业余时间的绝大部分，以每年平均十几万字的速度在文学的峡谷里寻找尘封太久的自己。尘封久了那就有了文物的属性。《新华文摘》《小说选刊》《小说月报》《中篇小说选刊》《作品与争鸣》《中篇小说月报》等选刊、选本有很棒的考古嗅觉，我有二十多篇小说通过他们，把生活的真相一次次大白于天下。那年，从维熙老先生在《中国文化报》撰文评价我的一部小说时说:"从取材到人物情韵的描写,在当代描写农村生活的作品中,都称得上一声绝响。"

我的文字是绝响吗?我连怀疑自己的工夫都没有。艺术的路上,分明有个梦中的情人,远远地,站在我必经的路口,翘首,挥舞着粉色的丝帕,嘴角漾着盈盈的笑,像一朵雨后的玉兰花儿。啊啊!我还回头吗,我!

渐次意识到,最和人不开玩笑的,恰恰是命运,我必须相信,出走文学十年中太多的颠沛流离和风刀霜剑,恰是命运对我思维方式和行为方式的危改,对我灵魂和精神的重铸,是在帮我颠覆单纯、摈弃感性、埋葬不切实际的幻觉和浅陋。文学给不了我这些东西,而生活给我了。不但给我了,还给我安装了窥视生活真相和原色的触角,擦亮了窥视艺术生命之泉和灵魂之本的眼睛。命运其实总是以母性才有的眼神关注着我们每一个人,温暖而热切。

转而,我把命运给我的,给了文学的我,和我的文学。

于是,真切地感到时光的可贵了。生命的答案早已参透:人间已经够热闹,从来不稀罕谁曾经来过,今世,我们都没有第二次。每当感觉日子在指头缝儿里廉价地洒落,我就知道,只有抓紧文学的崖上草,精神就不至于沉入谷底。

文学使我挣脱了喧嚣,发现寂寞是另一种精彩。心灵归于自由和沉静,艺术的享受原来可以让生活没有边界,拥有的世界原来可以变得很大。

一些报刊在帮我梳理所谓成长的历程时,我告诉编辑,成长贵在"成"字儿,取决于标志性的创造,这点,我远未抵达。我只能说,我尚在路上。创作是行走的过程,我习惯了用自己的双脚走路。我宁可告诉他们我的一次次的路遇,因为路遇的温度,它煮沸了我创作的热情,揭开锅盖儿,"成"与不"成"且搁一边,至少能看到抵达的过程和递进的形态。一九八五年的路上,一位刚刚从兰州大学毕业的女子来到了乡村,成为我的初三班主任,她几乎把我的每篇作文给许多班级讲读。她现在已经是海南省某大学的著名教授,她一定会记得当年那个穿着绿军衣蓝裤子戴着绿军帽的被一脸青春痘折磨得让英俊打了折扣的农村少年,因为作文而满面红光。二〇〇三年,《北京文学》杂志社社长章德宁女士曾力挺我的中篇小说《绣花鞋垫》在原创版、选刊版破例同时推出,首开《北京文学》先河,从而把我的"乡村"系列小说推到了文坛的前沿。二〇〇六年，被国内外华人读者誉为中国的"古拉格群岛"的小说家杨显惠先生不仅屈尊为我的长篇小说《断裂》作序，还就小说的"为什么写""写成什么"等本质性问题在《小说评论》《文艺报》等报刊为我的小说高标定位，认为"秦岭的小说打开了一扇崭新的视窗，呈现的是一条与众不同的艺术道路"。我的"皇粮"系列陆续发表后，恰逢中国首届农村题材小说研讨会召开，一些带着研究课题的专家诚邀我前往。二〇〇九年，中国作协、天津作协和百花文艺出版社联合在北京为我的长篇小说《皇粮钟》召开的研讨会……

一次次的路遇，如驿路梨花。花开如文学，感动如我。

无论是怎样的路遇，在我心目中，他们都来自我精神的故乡。而步履完全依靠脚印的方向和多少来证明：我是在怎样走着，走向哪里，如何走的。

重要的认识在于，我明白中国文学应该以什么样的面目，才会被认为是文学。——明白，是的！明白不是个简单的词儿。我说过，作家首先应该是个明白人。八月，我随天津作家团去故乡甘肃采风，我尝试着在四十多度高温下徒步、赤脚登上敦煌鸣沙山。我发现，越到山顶，脚印原来可以踩得很大。

我始终把青睐我的读者当专家看的，我欣赏他们的悲悯情怀，更欣赏他们对社会的认知。我藐视对社会缺乏起码认知的所谓专家，某次交流中，一位如雷贯耳的现当代文学专业的博导老先生用他肥厚的手拍拍我的肩膀，说："秦岭啊！我知道你对社会有自己的见解，但我一直认为，城市的就业压力之所以那么大，根子在于农民工太多。"我怔了一瞬，只好笑了，就这连掖带藏的笑。在我眼里，他们是文学的温室大棚里虚张声势的冬瓜，品起来，却不如故乡山洼里的一颗野草莓。

我骨子里热爱来自大自然的色彩和声音，当然不仅仅因为我喜欢绘画和音乐，我始终为自己生在贫瘠但不乏苍美的西部农村而感到幸运和自豪。我相信，这是我义无反顾地投身农村题材小说创作的精神支点。长篇小说《断裂》和《皇粮钟》先后出版后，曾应《文艺报》《文学报》《中国文化报》等报刊之约做过一些访谈，记忆最深的却是三次对话，一次对话是与《文学报》记者金莹，题目叫《秦岭站在崖畔看村庄》，另一次是与中国小说网编辑达拉依迦，题目叫《来自大西北的血性文人》，还有一次是与故乡《天水日报》记者胡晓宜，题目叫《乡村是我永远的风景》。要说三次对话中使用频率最多的词是什么，那就是：故乡。我的一些屡被转载、广播和改编的小说，如《坡上的莓子红了没》《烧水做饭的女人》《绣花鞋垫》《不娶你娶谁》《碎裂在2005年的瓦片》《乡村教师》《弃婴》《透明的废墟》《本色》《分娩》《硌牙的沙子》等，它们实际上是我用故乡的新麦做成的发面饼、锅盔馍、臊子面、疙瘩汤。我在对话中说过，天津作为我的第二故乡，周边也遍布着美丽的乡村，这里的乡村比天水的乡村要富饶得多，湖泊荡舟，沙鸥漫舞，但那只是我带着妻子和儿子度假的美妙去处，却很少走进我的乡村小说。崔道怡先生在一篇评论中说："我感受秦岭是'钻进心坎看农民'的。"很汗颜！我做的远远不如先生说的好，但有一点是肯定的，我艺术上的乡村生活始终黏糊在故乡的崖畔上，微饭似的，兼有酸菜和玉米的醉人芬芳，一呼一吸间，肺腑里全是文学故乡的烟火和空气。

　　写作是寻找，心灵的那种，找到了，再拿出去做第二次寻找，找与自己心灵有感应的人。因为看重感应，所以寻觅。二〇〇五年第一次获全国梁斌文学奖时，我获奖感言的题目叫《在布谷鸟的歌唱中》。今年在领取《小说月报》"百花奖"时，满脑子仍然有布谷鸟在飞。为什么？大凡懂农事农时、乡土乡村的读者，心知肚明。因了这种难得的默契，创作中的许多发现和所得，第一时间，总会神经质地传导给故乡的朋友。

　　这使我有足够的自信和魄力一手捏紧犁把儿，一手轻舞鞭子，不管前面是驴，是牛，还是骡子，我们该咋走，就咋走。

　　当然不能一味地前行，犁铧需要随时清除缠绕在上面的杂草和黏土，否则人和牲口同样吃力。孟繁华先生在一篇评论中批评我说："秦岭在小说后记里批判的'待在象牙塔里从事所谓乡土叙事的人'的问题，在他自己身上可能也同样存在。"我懂先生的好意，这是在敲我的警钟。前不久，我刚刚从甘肃的乡村回来。为什么要去，为什么要来，心灵的答案一如小说，无须直白，只是为了文本所表述的炕土味儿，是不是那个味儿。在我看来，生活是用来感应的，而不是用来体验的。

　　我用鞭子赶完驴，就把鞭子搁在象牙塔上。塔下的田野，一望无际。

　　写下这段文字的时候，风乍起，是秋在文学的故乡蔓延。

我知道我是谁

1

可以不知道别人，不可以不知道自己是谁。

镜子是最不可靠的，自画像从来属于记忆和岁月的手笔。镜子比影子还要轻佻和清浅，只有记忆一丝不苟地还原着我们在人间那些主宰与被主宰、纠结与被纠结、默契与被默契的明暗关系。人人都活得忘乎所以、似是而非，永远也找不着北，还得找，尽管难保支离破碎。

童年是一张凌乱不堪的脸谱，涂满了颠沛流离的线条和颜料。我至今无法想象上世纪七十年代初离小城天水几十公里的大山皱褶中那个既是村学又是家园的破庙里，当干旱、饥饿纵容了野狼的嗥叫，母亲在土坯垒起来的讲桌前怎样教学生识字和歌唱，那时我两岁多的大脑尚未升级，记忆空白。后来唱着《我爱北京天安门》成为一年级小朋友时，这里已经是母亲工作过的第四个村学，方知画像中的天安门并不是我想象中的山神庙。群山起伏的脊梁、山花斑斓的色彩发酵着我涂鸦的欲望，凡是能留下痕迹的纸质——譬如课本的空白处、报纸边缘，都会在第一时间留下我的"惊世"之作。好景不长，一学期不到，我就灰溜溜地辍学回家。这取决于母亲多舛的命运和"一根筋"的性格，最终成为光荣的生产队社员是她绕不开的宿命。

本乃泼猴的脾性。母亲的奇想是把我关在土屋里修炼成吕蒙正、薛仁贵式的人物：夜晚在煤油灯下踢腿下腰、读剧练嗓，白天自学教材，背诵《三字经》和革命样板戏剧本……"笼"中的日子，我愈加桀骜不驯，全身像长满猫须一样异常的敏锐和敏感，崖畔上传来的一嗓子民谣，村西牲口圈里的驴叫，墙外婆媳的争吵，会让竖起耳朵的我忘乎所以，陶醉得涎水潺潺。

三十年后，我的长篇小说《皇粮钟》、短篇《硌牙的沙子》《坡上的莓子红了没》中，几乎是不自觉地、无意识地复制了这份蒙昧时期对人间的考察。《小说月报》约我谈获奖感言，脱口而出的标题是《站在崖畔看村庄》，其实崖畔常常是我偷偷掏鸟的地方。如今想来，恋鸟，是不是与翅膀有关呢？

天生就是个影痴，麦场上放映的京剧《孙悟空三打白骨精》开启了童年的爱情，想死了白骨精的妖娆和风情，娶了，让我当妖怪也愿意；被吃掉，也心甘。待在白骨精的肚子里，一定是美死了。唐僧叔叔，真是个无趣的男人。

摸蛋的功夫就是那时练就的，那是一位"八九点钟的太阳"胸怀伟大祖国的卓越表现。右手食指插进母鸡屁股，是为了保证中国城市居民的鸡蛋供应。当时不会想到自己就是沉重历史的见证人和参与者，更不会想到小说《摸蛋的男孩》发表后，会成为一所大学里"读书节"期间的国情教育必读作品。

离群索居的童年，让我的自尊像粪坑里的石头，又硬又臭，与伙伴们三句不合，就引来一场恶斗。离城不远的外婆家是我的世外桃源。外爷的弟兄们和舅们娴熟的吹拉弹唱，让夏夜的月亮变成了鲜活的鱼儿，让我恍若隔世。曾经，母亲是以十七岁党员和毛泽东思想宣传队优秀队员的身份，以破灭女兵梦为代价，带着这个梨园世家的书香气息走进重重大山的。

终于寄宿在山外的一个村学完成了小学教育，超龄，直报四年级下学期。母亲这样做，大概是以她学生时期连跳三级直奔中学的纪录作了参照，岂不知习惯了吟诗作画、之乎者也的我却和"现代教育"格格不入。十一岁的我和七岁的弟弟，开始了完全独立的生活：拾柴，做饭，洗衣，喂猪。因斗胆给民办老师纠错，没少挨恼羞成怒的教鞭。小说《杀威棒》里有我挨打的影子，这个小说后来登上二〇一一年度中国小说排行榜，被段崇轩教授评为中国"当年最具历史反思意味的小说"。

常常牵念同样寄人篱下的五年级同学张保录，我俩躲在冬日里一个废旧的沤制大麻的深坑里，是他让我增强了对数学的自信。他说："天下的方程算式，其实都很简单，假设未知是 X，一切就已知啦。"三十年后的一天，我以一个生活在直辖市里的所谓正高职称身份与他这个小学教师在故乡小城巧遇。他嗫嚅："你……还好吧。"我头皮一麻，我俩在岁月的 X 里，仍是未解的方程。

我的孩子常常戏我："你简直是散养的，如果是鸡蛋，好吃！"

2

像我这么一个对世界充满好奇并且不甘屈就的人，活着就是一个事件。

少年时代像个老玉米，性格却更像一块锋利的冰碴儿，透明，尖锐，却脆弱，亲手绘制的三十多本"连环画"涂满了对这个世界的不屑和厌倦。那个时代，常有同龄人自杀的信息扑面而来，排除中越前线死于战火的，后来给区政府领导当秘书，常有机会去天水西郊的刑场。

我闻够了各种死亡的味道，麻木地把自己融入集体，麻木地期待柳暗花明。我相信，上苍是在用这种方式，赐我理智。

应对不堪是件伤脑筋的事情，用来学习文化课的精力和智慧大概不到十分之一。我像一匹掩盖着伤疤的狼，习惯了拿阳光、朝气的一面示人，在当时颇为时尚的天水第一师范学校，我不仅参与创办了校报《奋进》，与樊汝康先生合作谱写（我作词）了校歌，还成为校团委宣教委员。睿智且蒙昧，自负且矜持，从善且清浅，就像作文自画像《我》被选入《全国师范生优秀作文选》（一九八八年），却对辛勤撰写了评语的《文选》教师孙绍权先生（福建师大评论家孙绍振之兄）多有失礼。不懂航标，就摸着石头自己过河，摸到一个算一个。摸不到，栽了，满鞋窝的泥，堵心都来不及。后来——当我在二〇一一年全国第八次作代会上演唱甘肃花儿的时候，恍然觉得有个舞台如影随形。第一次登台演出是在一个叫兰沟的自然村，七岁，扮演杨子荣；第二次是初入师范在小城的秦州剧院男声独唱；第三次是在北京，台下是王蒙、铁凝、蒋子龙、陈忠实、莫言等上千中国作家的精英——这可能是我师范四年的意义。而当年临毕业，我怅然地坐在苍茫、空洞的夜里，用笛子、二胡或者电子琴尴尬的旋律反问自己：那些在《少年文艺》《中学时代》等报刊发表的几十篇习作和几千封读者来信是不是一个少年的错？半月前，一个很偶然的机会，方知当年发表的作文《故乡的莓子》曾被选入五年制小学教材。在人生的无主题变奏里，上苍始终把我看作最需要呵护的那一位，它让我二十年后才知道这件事儿，是为了避免把少年的膨胀带进迷惘的青春。

荷尔蒙疯狂地袭击了我年轻的脸，满脸的红豆比相思更要漫长，少年的梦中情人是奥地利影片《茜茜公主》中的茜茜，分明在一个古老的雨巷秘密牵手。二十年后果然就去了茜茜的故乡，那天的德国啤酒，让我在巴伐利亚的乡村，醉成了古老的王子。不像，也得像。在萨尔茨堡毗邻的小河边，茜茜一眼看上我，那是理所当然的事情。就她那性情，她难以摆脱我箫声的诱惑和我讲故事时激情四射的魅力，一个微笑，有泪抖落，目光里所有的滋味儿，准是难以避免的甜。

"山重水复疑无路"。知识分子的清高、孤傲和自以为是，在我面对社会的那一刻，就土崩瓦解，这是我传统性情最为伟大的战略转移。从乡村中学执鞭讲台开始，我先后从事过机关文秘、共青团、组织人事、调研、党务、督查、文化等不同岗位。昂贵的青春残忍地奔流东逝，只知今天，无法预测明天，所以我完全服从于今天，扬弃文学长达十年之久。我欣赏王安石、欧阳修、曾国藩那一辈的领导同志，他们的博学、容忍、犀利乃至残忍让我耳聪目明。"机关七分混"，我必须做好七分的不混。选择了羊肠小道，注定要走弯路，不能杞人忧天。

机关是哈哈镜，完全模糊了我的面孔，意象而非具象，每天保持、呈现着微笑和颔首。如果非得说中规中矩的行为与中规中矩的思想是一码事儿，实事求是的态度与实事求是的追求是一码事儿，任劳任怨的工作与任劳任怨的事业是一码事儿，那是不成熟的表现。我以"大笔杆子"的狡黠和明智，在几所貌合神离的高等院校脱胎换骨，直至成为不中看却中用的研究生。这样的大学似乎是专为培养我而设立的，给我栖息，同时又放纵并包容了我思想的淬炼和文学的狂欢，我永远让自己坐在最后一排，下课了，小说基本完稿了。公文写作的实践，使我的毕业论文和答辩出神入化，满座皆惊。以组织、领导名义在国家级社科类期刊发表的文章，少说也在三百万字以上。我曾在一个恶毒的暗夜把这些期刊、书籍点燃，然后又飞蛾扑火般抢救了许多残片。残缺提醒我，真正的圆满是残缺。证明疼痛的，是伤口，不是扼腕叹息。

电脑时代的曾经，我迂回"敌后"坚持我的钢笔书写，我的艺术得以在公文的掩护下冲锋陷阵。譬如领导的发言是我事先早就写好了的，但在厅级领导常委会上，我这个小科长照样一丝不苟地记录，许多小说就这样一惊一乍地诞生在记录本上，成为《钟山》《上海文学》《北京文学》等杂志上的《难言之隐》《绣花鞋垫》《烧水做饭的女人》。后来当我以部门"一把手"的身份批评科长们不该一心二用的时候，我的口气含蓄得要命，被认为和蔼可亲。

机关是我茁壮成长的"社会科学院"。当读完牛津、剑桥的"海归"试图和我结交的时候，我骨子里有三分的不屑。面对中国社会，他们只会指鹿为马。和我神交的除了史学、哲学意味的朋友，就是书房外真诚多于世故的打工仔。

从农村到城市，从小城到直辖市，从西部到沿海；我在同龄人中属于"进步"比较快的那种。每一次的角色转换，内心五味杂陈，谁解得个中味儿，我就跟他上梁山，做强盗。咱不打家劫舍，咱替天行道。

只有哈哈镜里的那个人才像我，他和社会一起摇曳。不变的，是良心。

3

报刊上常刊登我的肖像，像个装模作样的思想者。

这是我作家的标志之一，我如今默认了以写作者的名义出现。要说感谢文学，不是因为文学给了我这个名号，而是捍卫了我立身于世的尊严。

"铁饭碗"对我来说是个很搞笑的概念。执鞭乡村讲台的第二年，我就想卷起铺盖儿南下深圳，在漂泊中寻找另一个自己，这样的念头一直到蔓延到在天津结婚生子。世界风起云涌，百舸争流，最无聊的是随波逐流。在中国作协为我举办的小说研讨会上，蒋子龙谓我和天津的关系是"天上掉下个林妹妹"，但我等待我的贾宝玉，就像等待夏日里的一场雪，冬天里的一片绿。

社会的转型比我想象的要复杂得多，知识和诚信越来越不如权力、金钱和家庭背景强大。逃避世俗和规则，必然万劫不复。性格，成为我力量的源泉。天水的时候，我与来这里挂职的天津官员史文华邂逅在难得的人文情怀里，我俩常常自带干粮，远离尘嚣，骑自行车到麦积区、清水县的偏远乡村感受老农深埋在胡子里的苍生，并让格瓦拉、普京、老布什、卡斯特罗的话题在这里烟熏火燎。他说："中外执政者卓尔不群的性格决定一个国家、地区的盛衰。当下恰恰难以容忍官员的个性化，这是很恐怖的一件事。你应该南下打工，两年后你会拥有自己的企业。不是为钱，为成功。"那是一九九二年的十月，四年后，经史先生推荐，天津通过特殊人才引进方式将我破格考录到某人事部门。在人与事的江湖里，我凭着西北人的义气竭诚服务了整整四年半，以书面形式无比严谨地给广大公务员、专业技术人员们制定可视、不可视的社会规则，其间业余协助天津的一些文化、广告公司搞策划设计。如果说，那些年我婉拒上海、广东等地的经济实体以及南方一家报业伸来的橄榄枝是为了知恩图报，那么，后来试图甩开原单位参与天津市处级领导干部的竞争上岗，实在是不愿在旱地上游泳了。

十几年前的某年，我报考某直辖市自收自支事业单位性质的报业编辑室主任岗位，总分全市第一，社长纳闷："金饭碗的公务员怎么敢往我瓦罐里跳？"我的领导回应："西北人嘛，没见过世面，别让进入面试就是了。"

我抗衡的唯一方式，就是按照市委党报启事，顶着重重压力和嘲讽，先后报考六次，其中三次笔试、面试全市第一，三次进入前三名，但每次都是在考察阶段就以"本单位的骨干自己使用"这个暧昧的理由拿下。

有趣的是，二○一一年，某地文化局长带领一干人到我主持的文联虚心学习经验，开口便道："我们如果有秦岭先生这样的人才就好了。"我报以淡定的微笑。资深局长早已忘记，十年前，他这个主考官面对的全市第一名面试者，就是在下。

文学给了我正常的模样，俊，还是不俊，都在读者眼里。天水的老领导谢寿璜（著有长篇小说《红门怨》）先生信中感慨："当年你在我身边多年，我怎么一点都看不出来你？"我回信："您如果那么轻易看出我来，我还算是我吗？"其实很想开个玩笑的，您当年一个点头，把我从农村调入城市，又一个点头让我成了科级，已经不是常人的眼光了。这样的玩笑过于文学，不开也罢。

我知道我是谁，这是多么伟大的真理。

眼睛和心灵缘何划江而治

作为一名依赖于写作的观察者，如果我们过度相信自己的眼睛，往往只能看到现实的此岸而不是彼岸，从而被眼睛活生生地蒙骗。"眼睛是心灵的窗口"早已欺世盗名。面对眼睛，心灵往往沦为废品。

现实本无此岸与彼岸之分，如果有，那么，中间那条江，必然叫无知。恰恰是，我们的眼睛和心灵早已划江而治。眼睛在这头，心灵在那头。现实主义文学何以困守此岸，迟迟过不了江？

最近，美国正在持续发生着一件在美国人看来司空见惯的事情，民众占领华尔街时喊得最响亮的口号是反对阶级剥削和压迫，现实理由之一是生产资料被少数人占有，导致大量产业工人失业。中国人和美国人都是人，生活的空间和土壤离不开三大背景：政治、经济和文化。但时下的中国文人很奇怪，提起政治和经济，他不会想到这是直接影响我们现实生活的最为强大的外力，而是唯恐与极左、权力、金钱、铜臭沾边，显得自己不够文人；提起文化，他往往以身披多少国外文化外衣为荣，唯恐一不小心暴露出骨血里传承自民族经典和传统经验里的元素，显得自己不够时尚。放眼天下，我们的社会现实比美国要丰富、复杂、严峻得多。文学是反映现实的，现实主义文学此岸与彼岸的距离被人诟病如此遥远，根本还在于过于自恋在此岸东瞅西看，致使心灵的破船始终无法融入彼岸的图景。现实的彼岸到底在哪里呢？在我看来，只要你活着，在呼吸，在行走，现实的此岸和彼岸不但不遥远，几乎是零距离，它或许就在象牙塔的窗外，此岸是一幢幢摩天大楼彰显的大发展大繁荣的灯红酒绿，而彼岸就在那并不轻巧的杯盏里，那里蓄满了一个时代城市有产者的欲望、绝望和空虚；它或许就在路上，此岸是道路边上馒头就咸菜的农民工和城市失业者的相互嘲笑，而彼岸却是惺惺相惜中默契、发酵的那种可怕的情绪和蔓延的颠覆意识；它或许就在日渐荒芜的田间地头，此岸是新农村建设带来的红砖绿瓦和蔚然气象，彼岸却是留守老人对层层断裂的千年族风祖脉招魂似的呼唤以及留守幼儿对这个世界巨大的陌生和疏离；淙血河疯狂反扑的陈旧势力。

这当然不是彼岸的全部，也不是眺望彼岸的全部方法。至少，我们应该知道彼岸大致是怎么回事。

平时，我很不愿与某些著名的文人聊文学话题，从他们的头顶，我见惯了心灵废墟上凄凄的荒草。我宁可与那些出租车司机、农民工，或者官场失意者为伍，这些群体里如果出作家，必然是大作家。他们观察现实能一竿子扎到底，现实的彼岸灯火通明，白昼般一目了然。文坛曾经很是感慨过上世纪八十年代起身的一批作家"当年听到获奖消息的那一刻，有些还在车间干活，有些还在田间耕地，有些还在海里捕鱼，有些还在哨卡站岗"。道理很简单，他们当时生活在生活里，现实就在眼前，不分此岸彼岸。有趣的是，他们一旦功成名就享受到体制的温床，作品就迟钝了，萎缩了，甚至连自己都找不到了。根本上是眼睛和心灵有了距离，要说他们远离了生活，还真不算废话。

致命的是此岸只有一个，而彼岸之外，还会有彼岸的彼岸，甚至无穷。

汶川地震后，我曾在《中国作家》《北京文学》等期刊上发表过《心震》《透明的废墟》《相思树》等一系列反映灾难生活的中篇小说，有些所谓的专家和作家跳出来冷嘲热讽，说是再怎么写，能有记者笔下的纪实文字、照片、镜头有穿透力吗？要我说，这才是睁着眼睛说瞎话。纪实、照片和镜头除了视觉效果上灾难的场景和程度，它能反映出废墟里所有亡灵在灾难来临前面对生命、死亡、流血、伤残、亲情、财产、仇恨的人性世界吗？你如果能把几堆废墟、几摞遗体带来的感官震撼和艺术的穿透力混淆在一起，那么我敢肯定，你的眼睛睁着，但你眼睛与心灵的距离无穷遥远，因为你的心灵早已死亡，你没有彼岸。

我在另一篇访谈中说过，在艺术上，虚构比真实更要真实，想象比现场更要现场。我不指望所谓的专家听得懂，但我相信，读者一定懂得。

偏偏是中国的文学评论家更是缺心眼儿，他们恰恰距离社会更远。他们不像国外的评论家是在政治、经济、文化的大地上直立行走，而是把自己牢牢镶嵌在文化范畴内部属于文学艺术的那块夹缝里，挖空心思地搞一些形而上的玩意儿。中国的评论家要给作家治病，首先要把自己的病治好。否则，病毒会在此岸扩散，未及彼岸，早已全军覆没。眼睛和心灵划江而治，最早淹死的永远是作家，他一抬脚，就掉水里了。

真正的好小说是无岸之海，无所谓此岸彼岸。

文学批评的当务之急是去伪存真

一切学术论争通过发展和演进，会日臻成熟乃至炉火纯青，而中国的文学批评恰恰相反，到了时下，被普遍认为出了毛病，甚至被认为病入膏肓。既如此，似乎遭遇疑难杂症了，我倒是认为，治病之先，不如去伪存真。

因为不是批评家而是一位写作者，我对于文学批评界存在的问题，无意也无力从理论上做到精细的归纳和概括，但我坚持认为文学批评的基本常识和大致面貌是不容糟蹋的，真正的文学批评，至少会让读者借助批评家公正、锐利、精准的眼光和论述，在对作品的标识、定义层面求得共识，引导并帮助读者对作家的作品有所发现，发现后有所甄别，甄别后有所判断，判断后有所审美，审美后有所享受。这是文学批评最起码的功能链条，构成链条的，就是标准，每个标准就是一个环节。忽视任何一个环节，链条势必断裂，委实饶恕不得。这样的文学批评必是货不真价不实，去伪存真，势在必行。

文学批评乱了标准，因何如此？看多了乱花迷眼的文学批评，不得不叹服批评者在语言、思辨、文采方面的诡异、娴熟和老道。兴之所至的、空泛的文化随笔意味的所谓批评远远盖过了本该严丝合缝的学术需要。即便是老瓶装新酒，即便是偷梁换柱老调重弹，却要故意弄得有板有眼，不乏妙趣。这种大肆风行的掩耳盗铃式的批评，究其根因，无怪乎有四个方面：一是学养上有学而无养。饱"学"而不养"学"，学必无法"专攻"，客观上造成作为知识分子的批评者们治学、从学、为学态度的轻佻与散漫；二是立场上有场而无立。中国文坛这个"场"够大，批评者尽可以纵横南北，而"立"的缺失，不仅导致学术个性的削弱，读者还有理由怀疑知识分子的情怀和胸襟是否出了问题；三是标杆上有杆而无标。批评者似乎人人都有话要说，可谓众说纷纭，时刻在抢占话语高地，而最为致命的高地之"标"却似乎无关紧要，这是心灵原则丧失的典型体现；四是理论上有论而无理。按理说，凡"论"当为"理"而生，为"理"而灭，可是打开万千期刊，批评者大论煌煌，多为言之无理，或者为了指鹿为马而强词夺理，一眼的浮华浮躁，不知所云，如此等等。文学批评成了彼此观点投石问路的器具，成为个人学术意志争长论短的名利场。文学是社会元素的艺术集合，文学批评更当是以文学为主的融各学科为一体的试金石，很可惜，从当下的文学批评里，很难看到历史学、政治学、社会学、人类学、心理学层面的观察与思索，单薄得像一张老羊皮，干硬，却极少柔软湿润。

如果说这是病，那么随便拎出一位读者，都会认为这实在算不得疑难杂症，倒疑似文学批评的抑郁症、癫痫症，或者狂躁症。这样的病用不着吃药打针的。如今的批评者多受过高等教育，既然敢于不知所云，必然有过硬的心理素质。戳到软肋处，作为知识分子的良心发现了，去伪存真是容易的，即便靠自我调节，也不见得有多难。

批评，从来是宽泛的公众语体，绝不仅仅止于文学，同样，文学批评也不仅仅止于专业人士。在相对发达的媒体时代，社会变革带来的各类现实问题、症候和现象，在第一时间就会引起全社会各方人士的批评，无论尖锐还是温婉，无论唇枪舌剑还是绵里藏针，均是理之凿凿、言之切切、论之贱贱，进而很快会辨清矛盾的真伪，还真相于大白。文学是社会的缩影，反映的是人类生活的全部经络。据此，我们的文学批评有理由脱下伪饰，礼贤下士，规规矩矩走出象牙塔，向社会公众学习，适当注入、借鉴时政性批评的理念，社会调查式的方法，现场办公式的手段，让批评更加贴近真实，贴近读者的公共审美需要。我此"药方"，并非万能，至少对于去伪存真，是一个实惠实用、立竿见影的捷径。

标准是在大浪淘沙中获得的，巨浪翻滚而不淘沙，标准永无得日。真正的批评浮出水面，所有的装神弄鬼必然无处藏身。去伪存真，文学批评的面目会焕然一新。

角度是小说叙事的铁门槛

行者，往往止于铁门槛，它会让你出不去，进不来。

小说叙事的角度，一道铁打的门槛。一旦阻隔了你，纵有才情的恣意汪洋和语言的天花乱坠，只能像自淫一样抽风。不是龙卷风，是疯的风。最终偃旗息鼓，轰然坍塌在小说的门里，或者门外。

"无法跨越角度的创作，所有的叙事都不是自己的。"这是十年前我撂在高校讲座上的狠话，撂给我亲爱的听众，实际上是把这个长长的楔子嵌入我叙事原则的死穴，自我警醒。作为一位小说的实践者，经验和教训，使我对小说叙事的角度视若神明。若干年前信马由缰、毫无原则的叙事快感，往往让小说故事的核心袒胸露乳，和盘托出，突出的问题是：故事讲精彩了，但故事的外延却窄瘪了；自认为搞清了"写什么"和"抵达什么"的关系，却因藐视了"怎么写"而丧失了角度的优先权；对丰饶的生活积淀、对社会的所谓独特发现乱采滥挖，造成了小说叙事生态的水土流失。——惊回首，方知铁门槛是用来跨越的。面对以往叙事，痛心疾首。小说叙事的所有魅力，完全取决于这个门槛的属性和高低。木头的不行，是个犟驴就可以破门而入；它必须有高度，就像赛场上的跳高，没有纪录，看点何来？

十年之后，当我在小说叙事中习惯了迂回、包抄、打援、突袭而屡获叙事角度的时候，我斗胆且合理地认为，西方小说叙事学的重要代表华莱士·马丁关于作家、叙述者、人物、读者关系的阐述，远不如早已隐遁于历史的我们的老祖宗伏羲"仰则观象于天，俯则观法于地，观鸟兽之文与地之宜"的精神视角来得振聋发聩。

在我看来，角度不仅仅是叙事的前提，相对于故事中心，它几乎就是叙事的第二个中心。一个小孩用弹弓打下一只鸟，这是一个多么平淡无奇的过程，可是，叙事角度的选择，却可以让整个过程变得海阔天空，深邃莫测。选取小孩掉下裤子露出小鸡鸡而不察，一定比选取小孩英姿飒爽拉满弹弓更具生动性；选取空旷的树梢空无一物，必然比一只小鸟的存在更具诗性和想象空间；选取一粒鸟粪玷污了小孩的光头，必然比小孩的天真阳光更能延伸一个事件的背景；选取小孩背对一片歉收的谷子地，必然比一片森林来得深刻。——假如，请允许我更残忍一些，假如我们角度的第一视点不是小孩，也不是弹弓，而是小鸟惊恐的眼睛——因为小孩在费尽最后一点气力气拉满弓的时候死了——我们不妨继续延伸叙事的角度，孩子死在一只破碗的旁边，或者，死在一所当下美丽却空旷的乡村校园里，再者，死在期盼农民工父母回家的村口……树上的鸟儿啊！亲爱的鸟儿，从你的眼睛里，我找到了小说。我不敢说据此我可以让小说变成经典，但是我相信，本作家，已经找到了经典的叙事角度。

一如孩子脑瓜上的鸟粪，明摆着。角度不是感性的，不是我们肉眼看到的、摄像式的固定画面。角度完全是理性的，理性到残酷无情、浩渺无边、如履薄冰的地步。如果我要说，角度完全与作家的社会观、人性观、历史观以及思想、理念、学养、生活积累有关，似乎有些酸了。要说角度的发现多半与一个人的情怀、心灵有关，你一定怀疑我藐视了你心电图仪器检测下活蹦乱跳的心脏。有一点是肯定的，没有理性的判断和延伸，你永远也不能找到角度，角度对你来说，永远是个陌生的东西。你只能面对你咿呀学语的婴儿，不厌其烦地讲"山上有座庙，庙里有个老和尚"一样的故事。实际上，你既不会承认你是老和尚，也不会承认是小和尚，你纵然著作等身，坐拥书斋，也是个与小说无关的家伙。

角度，理所当然成为我小说叙事中规规矩矩的第一选择。就像古时富家小姐选女婿，宁可找志向高远的落难书生，也不会依附豪门纨绔，因为她面向的是未来。我习惯了面向中国的乡村，因为我知道支撑中国时代文明的根基不是城市而是乡村，工业现代化、城市建设的突飞猛进与历史的进步、文明完全不是一码事。拉开中国社会的窗帘，最冲击我眼球的，仍然是人和土地的关系。当生活的视角变成我小说的视角，我不会让一个独立的"我"自圆其说，我会让现实中的"你我他"全体介入。一段时期以来，我在第三人称叙事的开阔与包容中，尝试把第一人称的"我"嵌入其中，同时不忘把第二人称的"你"拽进叙事文本，变幻成与"我"对立的讲述者。这就像我打你一拳，我必须让你自己表述疼还是不疼。我试图通过农民屋顶瓦片被砸的碎裂声，用来辨析城乡二元结构背景下中国农民内心的呐喊；通过孤守麦季中年迈阿婆不绝如缕的咯血的山歌，用来观察中国农民精神的底色；通过当下社会各色人等对一个弃婴无可奈何的态度，用来反映社会急剧变革时代多元的国民性特征；通过乡村孩子偷偷给教师们的饮用水中掺沙子这一事件，用来反映发展与变革带给传统道德的惨痛戕害；通过民办教师用教鞭无情抽打城市公民的孩子，用来颠覆国民对知青时代的传统认知；通过粮油鸡蛋供应制时代农村小孩把母鸡屁股捅出鲜血，用来窥视中国社会矛盾无法调和的历史根因……了解我的读者，一定会找到对应的表述对象，是近年来创作的《碎裂在2005年的瓦片》《弃婴》《杀威棒》《摸蛋的男孩》等系列短篇小说。

这里，"通过"是我的叙事角度，"用来"是我"要干什么"，至于之间的"怎么写"，那完全是我占领"角度"高地之后的叙事方法问题。有时候，我选择一刀致命；有时候，我选择千刀万剐，怎么有快感，就怎么来。

选择短篇说事，不光在叙事层面要比长篇、中篇更来得直截了当，来得不容掺假，另有几分底气来自佐证，这些小说，有的被中国现代文学馆编入《中国当代小说经典必读》，有的被认为是"历史的碎裂声""历史的血"。评论家关注的焦点之一，就是"秦岭选择了一个非常有表现力的叙事角度"。有趣的是，我的一些叙事视角，是站在农村小孩子的立场上的，一开始连我自己都觉得惊讶，后来如梦初醒，在一个面对矛盾、欺骗、遮蔽可以集体噤声的时代，有两种人物承载的叙事视角原来如此强大：一个是孩子，一个是疯子。

我当然明白安徒生老儿为什么会让孩子的视角面对皇帝的新装，我同样明白，一个讨薪的农民工在城市实施一场爆炸之后，连社区的三岁小孩都敢质问来自乡间的保姆："姐姐，你是来杀我的吗？"

"角度是小说叙事的铁门槛。"不是引用，是我说的。

心灵是文学的路径而不是避风港

当一串串文字从心灵踏出第一步，途经心灵并止于心灵，这样的文字毫无悬念地会变成文学。因为属于公认和共识，于是写作者往往好以心灵的名义为自己的文字寻求保护，当下许多神经错乱的小说之所以没有被认为是疯子，就因为有这个心灵名义的避风港。

心灵写作本是个古老的话题，而今聊起来反而新鲜地有些怪异。新鲜，是因为当下的写作与心灵过于渐行渐远；怪异，是因为我们不仅在重复古人的结论，还有一种婴幼儿教大人学走路的诙谐。历史上凡是靠谱的文字，无不从心灵的路径上一路走来。远到诸子百家，中到新文化运动，近到上世纪八十年代初的思想大讨论，好一片争议、争执和争鸣，根本上是在解决心灵的问题。文学是直立行走的，它巨大的投影往往离不开心灵的呼唤、呐喊、启蒙、批判、共鸣、照应。投影一旦形成，它就不仅仅属于读者，而属于整个的历史和社会。我相信，此言不是空洞的高调，而是遵从了写作的纪律。事实是，当下的文学，到底有多少投影，在拖曳着我们靠近心灵？

绝对是出了问题的！忘记了是哪年的中国式春运期间，我毗邻的城市发生了一个系列案子，几个回不了家的青年农民工嫖了小姐，因缴不起嫖资，就合伙把小姐骗到野外一杀了事，骗一个杀一个，杀到第三个的时候，终落法网。面对这样一个趋于普遍性的社会问题，中国各阶层小说家们的说法几乎众口一词：严打不力。如何理解这四个字，是感性的呐喊呢，还是理性的指责？是同情小姐的遭遇呢，还是憎恨农民工的凶残？无论怎样，小说家的心灵局限、心灵幼稚与心灵桎梏彰显无遗。嫖之又屠之，人性逻辑上当然说不过去，但在心灵层面上，我们根本没有底气和资本在谁对谁错、孰是孰非的简单天平上妄下结论，我们首先应该分析我们的社会秩序是怎么回事，反过来讲，假如是另一种社会秩序，那几个杀人不眨眼的青年嫖客，没准就会成为战场上的杀敌英雄。凶犯对记者说过的话很有意思："我们是装修工，本来要奸杀女主人的。"事实是，他们杀掉了和他们的身份同样低廉的弱势一族。当这样一种心态、心情、心境、心绪日趋弥漫并构成公众视野的心灵秩序，必然影响着我们的生活底色。中国小说家在自身心灵的腿脚尚未发育成熟的弱势下，靠近并梳理这样的现实，谈何容易！生活，活该对中国小说家形成考验。中国小说发展到现在，才华和技巧是不用考验的，不及格的是心灵考板上的表现。可见，在中国当个小说家，是一件多么让人感到不安、警惕、心虚、害臊的事情。

有次应邀在某地参加一个小说座谈会，有人听说我的短篇拙作《杀威棒》被誉为"当年最具历史反思意味的小说"，就让我谈体会。我结合小说的历史背景重申了一个观点：知青运动伤害最严重的是中国农民。结果有位所谓的专家当场提出反驳，认为知青运动伤害最严重的是整整一代城市知识青年，而且"他们停课、下岗都赶上了"，并以上世纪八十年代以来所谓的知青文学为依据，像祥林嫂一样絮叨知青在农村如何迷茫。本来是一个高端的文学论坛，我最终选择了沉默。我清醒，在一个目光与内心同样狭窄的时代，所谓的理念、理论、理由一旦盖棺定论，避风港就会一层高筑一层，港内的，不是心灵，而是许多空洞概念、虚无观点和苍白著述的尸体。我完全相信，在世界文学的花圃里，有些所谓的知青文学更像个人日记，没人会当作文学来较真，因为这些文字用极大的个人偏见，无比自私、自恋、自负地照应并维护着个人情感和情绪，这不是真正的心灵写作，而是情绪的宣泄。如果懂得共和国农民与土地、城市人与土地的最基本的关系，懂得农民与这个国家命运之间的联系，那么，你的那颗"心"才会"灵"，情怀和境界同时得到升华，此种理念下的写作，才有可能既照应自己，同时又照应别人甚至达到普世的意味。心灵打开，知青文学必然会成为另一个的样子影响文学的世界和世界的文学。

那天的作家发言要求结合自身创作，我本来想以我的另一篇短篇小说《摸蛋的男孩》为例，进一步阐述自己在关注农民精神、农民命运方面的立场：在长达几十年的城市居民供给制时代，许多山区孩子是要学会摸蛋的，黎明即起，先把手指插进母鸡的屁股眼儿里，来判断这颗上缴国家的、保证城市供应的鸡蛋是否能够顺利产于当天。当我发现满面红光的专家们的洗耳恭听完全出于好奇和猎奇，而我的发言更像普及中国乡村精神史，我不由悲从中来，我索性借故去了厕所。尿不多，但也是哗啦啦了一阵，感觉有什么东西终于释放了一点点。

　　当心灵的门锁锈迹斑斑，心灵的避风港里，必然堆放着腐烂的垃圾。我只想说，至少，国人、包括作家的心灵里是有垃圾的。国人窄瘪的心灵空间，以及心灵空间里隐藏的诸如鲁迅笔下民族性、国民性的那种"小"，那种恶，那种俗，那种浅，昭然若揭，臭不可闻。避风港抵挡的，恰恰是我们稀缺的，而保护的恰恰是秽物。心灵是个圈，大了，有大文学；小了，有小文学；再小，就只适合当尿痛。

　　既然说到国与国外，想延伸的话题是，其实文学和心灵比其他任何学科更加超越国家，超越民族，只要给心插双翅膀，就可以与任意喜欢的文学、心灵对话。

　　在生活面前，文学必须规规矩矩服从于心灵。在心灵的避风港里，中国文学的借口实在太多，有人过多地把意识形态、市场对文学的影响当作文学堕落的源头，这是另一种诡辩和圆场。真正的文学和心灵很少谈条件，只要内心独立、自由，即便从泥淖里出来，也会一尘不染。心存敬畏，心灵就是文学的佛龛。

　　当下的中国文学，只要列队从避风港里出来，走上心灵的路径，各种可能都会有的，我乐观这一点。

我开始相信自己的眼睛

——小说《皇粮》创作谈

从维熙先生告诉我："就用这种视角审视生活，你会优先靠近文学的本质和精神。"这句话从我尊敬的文学前辈嘴里说出来，终于使我开始相信自己的眼睛。前年，当一些批评家在《文艺报》《作品与争鸣》等报刊评论我的乡村系列小说的价值时，我思想的眼睛突然大睁，我文学的神经因皇粮这个文学的富矿而再度兴奋起来。

《皇粮》刚刚被《小说月报》原创版头条推出，经济体制改革专家史文华先生就专程找我，兴奋地聊了整整一个下午，用他的话说："我通过《皇粮》走进了农民的心灵。"这话让我感动。幽默的是，一位文学圈内的资深前辈却是这样对我说的："这样写皇粮合适吗？我可是听惯了二胡曲《喜送公粮》的呀。"我苦笑一声，只好附和："我还听过笛子曲《扬鞭催马运粮忙》呢。"这两首曲子可谓异曲同工，表现了农民怀着喜悦的心情，快马扬鞭缴皇粮的醉人场景，这样的曲子每年缴皇粮的时候都要在我故乡崖畔的大喇叭里飞出来。我是农民出身，当年羸弱的少年之躯承载着皇粮的负荷沿着崎岖的山路去粮站时，我只知道我家最好的麦子要送给城里人了，却不清楚这一切意味着什么，唯一的感受是身心早已疲惫。有趣的是，这样的感受农业专家和农民兄弟相信，而更多的作家却未必认同，这使我惊讶地测量到了作家与农民、与土地之间的实际距离。

至今没人确切地对中国农民身上的国民性特征下一个定义，面对皇粮这个延续了长达两千六百多年的精神重负，他们近乎用宿命的心态接受并包容了它，即便在上世纪八十年代"卖粮难""白条子"问题严重影响到他们生活的基本秩序时，也无意把这种天大的不公放到国民待遇的天平上寻求答案，因为他们是享有"勤劳，诚实"美誉的中国农民。我在写皇粮系列之前，曾试求从表现皇粮国税的众多文艺作品中寻找心灵的感应，结果往往让我失望。我要找的绝不是一个简单的农民负担问题，也无意单纯地梳理皇粮与农民千丝万缕的联系，而是皇粮的阴影千百年来到底怎样浸染并改变着农民的心灵原则和精神领地，我相信这不是一个简单的话题，这个话题由现实直逼历史纵深，我们尽可以想象皇粮之于农民的心灵史是怎样一幅图景。这样的思考使我的皇粮系列在有良知的专家那里得到感应，首篇《碎裂在 2005 年的瓦片》一发表就被《小说月报》等多家报刊转载，并被北京电影制片厂搬上了银幕。即便如此，皇粮给我的一切远未写完，在浮华的直辖市待得太久了，远离了山水林田路猪鸭牛羊狗，我的智慧面临严峻挑战。

感谢《中篇小说月报》再次转载了我的拙作，此刻，秋播后的田野，一片寂静，我怀疑土层下面的冬麦种子，是否睡得安稳。

情怀和语境是作家心灵的双翼

有没有人反对不要紧，我是认了的：情怀和语境，作家心灵的双翼。

当真正的作家把心灵放飞，绝不会收拢翅膀，注定了长途跋涉，人间太多的烟火里，布满了平平平淡淡的奇特和奇特的平平淡淡，这是一种呛人心肺的诱惑。难以相信，一个没有情怀和语境的写作者，是否能在烟火的五味杂陈中自由穿越、拨云见日，完成从始发到目的地的全程记录。

情怀和语境是何关系，从概念层面解释就过于机械了。不久前，我在某地青年作家培训班上谈过一个观点：作家需要悲悯。就是说，悲悯可以让作家所有的毛孔都长满明亮的眼睛，眼睛之多和视野之广，让一度雄踞七窍之首的眼睛反而显得微不足道。而悲悯才是情怀之一角，仅此其一，现实世界的真相、样貌、品质、味道与气息，已经让作家的心灵目不暇接。这是一种肉眼难以摸索到、感受到、品尝到的外部环境，这样的环境自然而然地给作家提供了一种酝酿个人语境的土壤，这是情怀外化而成的语言的鸟语花香、叙事的大观园与表达的桃花源。今年春夏之交，我曾在重庆、贵州、广西、陕西、宁夏、甘肃等地的偏远山区做过一次有关农民饮水安全问题的考察，"水是生命之源"这句古语让我的心灵久久难以歇下翅膀。我们是生活在水中的，而水也在我们体内，人比鱼更离不开水，哪怕是一滴。对人类来说，一滴水远远高过了一滴血的意义。这一发现丰富了我的情怀，让我对水的所有叙事变了模样，构成了我叙事语境的悲情、悲怆和悲壮。只有把喝水视作与自身生死有关的人，才明白这样的语境是怎么回事。

我敢说，不是所有的书写者都能踏进这样的土壤并在语境里种植自己。在我看来，情怀至少有五个支撑点：精神、境界、智慧、包容和良心。缺其一，我们就无法区别一滴水与一滴血的不同。一滴水的晶莹所蕴蓄的全部世界，往往会被我们像忽略空气一样若无其事。世界多小啊！贪得无厌的人习惯用自己的一生为代价，用双足周游列国的方式感受地球的边界，描绘个人时代与现实世界发生的故事，让读者进入他自恋的语境。往往是，书写者的感受与一个足不出户的智者的感受本质上没有什么两样。当你承认地球本是个庞大的水球，我们就有理由相信，一滴水和偌大的水所构成的世界本是一码事儿。要说区别，恰恰在于单凭双足丈量世界的人。双足有尺码，而心灵不仅尺码无疆，尺码本身就是一个神秘的世界。至此，我不得不叹服中国古典哲学里"大无"与"大有"的辩证关系，情怀是个很哲学的东西，没有哲学思维的人，语境显得非常之遥远。

当情怀和语境成为作家心灵的双翼，穿越一滴水，不比穿越地球容易多少。假如你在一滴水里折戟沉沙，我会认为你是英雄的书写者。

有人把清高纳入情怀，我感到莫名其妙。我欣赏清高，但清高不该伤害到情怀。当伤口远离刺刀，你会忘掉刺刀原本是带尖儿的。当政治成为影响我们凡俗生活的重要外力，远离政治其实等于逃避生活中最尖锐直接的部分。这一点，外国作家永远要比中国作家地道和实在，他们了解民生的前提是搞懂政治甚至参与政治，他们很清醒政治和民众相互的、彼此的各种意味。参与、接纳、包容、反思和批判，让他们文学的语境云蒸霞蔚，生龙活虎。

当下的中国作家因为各种机缘，都会以采风、考察的名义通过行走的方式探究目的地蕴藏的秘密，似乎没有人怀疑这样的书写者会揭开怎样的谜底，反正去是去了，写是写了，主办方和书写者到头来皆大欢喜。夏天在陕，我与陈忠实做过一次对话，陈忠实告诉我："关注现实从来都是双向的，观察者和被观察者必须能够在心灵上产生交锋和融汇，否则作为作家，即便长十双眼睛，也看不懂现实，而现实即便张开渔网一样的怀抱，也会把作家漏掉。"我理解这句话，真正写作者的心灵可以像子弹一样穿越、穿透、穿过，而有些写作者偏偏就艳羡从一个枝头到另一个枝头的小小鸟，这样的精神质地注定了语境的泥淖，他提供的必然是一种荒诞的、无聊的、很小人的叙事。在我看来，这样的语境颇似身体隐秘部位的排气，很是污染语言的环境。

很是庆幸作家有心灵的双翼，怎么飞，怎么有。

小说不该成为地震题材的废墟

——在二〇〇九年"五一二"全国抗震救灾文学研讨会上的发言

　　刚才听了几位诗人、作家代表的发言，感慨良多。正在举行抗震救灾文学研讨会的这所宾馆，一如它的名字宁卧庄一样，气氛显得安宁、祥和、平静。但今天的主题让我无法不想到十二个月前的二〇〇八年五月，地球一声叹息，大地随即发生了连锁反应，媒体和图片让我们看到，包括汶川在内的川、陕、甘一带，很多房屋，塌了；很多路，断了；很多人，死了。那么，很多灵魂呢？

　　拙作《透明的废墟》再次被推到全国纪念汶川大地震一周年系列活动的前台，我内心复杂。作为小说界的唯一代表，面对众嘉宾对地震题材诗歌、报告文学的解读和诠释，内心仍然感到莫名的迷茫和孤独。我的感觉是，小说依然是灾难题材无人问津的废墟，这样的废墟，和"五·一二"之后川北、陕南、陇南一带的废墟没什么两样。刚才，有专家说"《透明的废墟》是我们看到的第一部反映汶川地震的小说"，反而让我感到诚惶诚恐。此定论最早见于《中篇小说月报》二〇〇八年第七期"地震文学专号"上的编者按。《透明的废墟》原载《小说月报》二〇〇八年第四期（原创），后来被《作品与争鸣》《中篇小说月报》等许多报刊、电台转载或广播，获得全国征文一等奖。《中篇小说月报》转载时，把那个定论连同我的小说一起，与德国作家克莱斯特的《智利的地震》、日本作家村上春树的《青蛙君拯救东京》同时编排在"虚构文本"栏目之中，并成为最早送往灾区的艺术慰问品之一。其时强震刚过，余震尚存。不久，《文艺报》《探索与争鸣》等报刊也连续发表了一些专家、学者的评论文章。上午，中国作协副主席陈建功在讲话中特别提到了《透明的废墟》的意义，我宁可希望，在各种艺术形式的汪洋大海里，文学之于灾难，不再止于小说，同时，也不再止于呼唤。

在这里，我除了汇报以小说的形式介入地震题材的初衷和实践过程外，不方便摆出姿态对自己的小说做出评价，我们的文坛还没有开明到认可作者自我评价的地步，但我有理由把文学批评家发表在《作品与争鸣》中的一段话嫁接到这里："中国文坛有个并非悖论的事实，面对地震、洪涝、恶性事件等引发的灾难，趋之若鹜的往往是铺天盖地的诗歌、报告文学和散文，小说家却往往束手无策，对此，挑剔的读者一度怀疑当代小说家表现灾难的可能性。秦岭的新作《透明的废墟》却直面汶川地震带来的毁灭性灾难，以小说的名义旁逸斜出，充分利用小说的虚构和想象要件，把探寻的笔触扎进汶川地震后居民楼的废墟中，揭示了濒临死亡的邻居们灵魂搏斗和人性复归的全过程，无疑具有可贵的探索、引领作用。"这般评说，我当然不会当利息来消费，我深知自己浅里的文字与灾难本相遥远而泥泞的距离。聊以自慰的是，我写了。灾难触发了我的灵感，引发了我虚构和想象的欲望，我没有理由轻视灵感的尊严。经验提醒我，灵感是不能够被慢待、被观望、被轻视的、被谢绝的，写作者与灵感擦肩而过，等同于一次失恋。也许有些人可以，我不可以。我服从内心的同时，也服从选择。

就这么一次正常而从容的创作，竟触及了文坛面对灾难是否可以通过小说形式表达灾难的死结。我听到了一些批评家关于《透明的废墟》的远离文本分析的种种异声别调，诸如"表现灾难是摄影家、记者的事情，人们需要的是现场感。""小说应该让位于诗歌和报告文学，汶川不需要虚构和想象。""灾难题材的小说，需要足够时间的沉淀。"我发现，在这个社会里，习惯了居高临下的人，也容易把为师布道当成一种习惯，由于不谙半斤和八两的关系，就误把自己当一斤了。

好像鲜有人指出这是荒诞的奇谈怪论。如果说小说非得要像图片那样表现灾难的现场感，非得像诗歌那样表达情感意志和个人心绪，非得像报告文学那样体现新闻性和导向性，恰恰说明尊贵的先生们忽略了小说的基本功能和其他艺术形式难以企及的探究灾难事件中人物心灵和精神世界的现实作用，轻视了生活空间和艺术空间、现实生活与艺术提升之间的基本联系，忘却了虚构与想象的强大穿透力。按照他们的逻辑，中国小说家之所以未能写出反映唐山大地震的小说，是否因为三十三年漫长的岁月还不够小说家们沉淀呢？德国作家克莱斯特、日本作家村上春树等诸多外国小说家关于地震题材的小说，岂不归于无病呻吟，逢场作戏，应景作秀？再按这个逻辑延伸下去，是不是只有祈请阴曹地府的阎王让废墟中的死难者起死回生，血流满面地坐在主席台上现身说法做报告，小说才能回光返照呢？

在我看来，小说如果屈从"现场感"的自然主义逻辑，那不叫小说，叫镜片，一照，只是一副按部就班的嘴脸而已。我至今没听说谁的镜子可以照到身体里面去，除非是 B 超，B 超又当怎样？除了显示五脏六腑的现场，还能显示什么？

对此，我倒不感到奇怪。一个世纪以来，两次世界大战在第一时间乃至其后催发了数以万计的表现战争灾难的优秀小说，这些小说的诞生地大都集中在欧洲和美洲，我们通过那些小说感受到了异邦民族在灾难中灵魂和情感的质地、意志和精神的颜色、思想和心绪的走向、悲苦与亢奋的形态、奋争与沉沦的模样。某段时期，这些小说甚至成为我国读者的重要精神食粮。奇怪的是，中国作为第二次世界大战的主战场之一，我们除了在教科书和历史学家的著作中感受那场灾难，至今没有见到具有史诗意味的、全景式表现民族备受外寇蹂躏和国家饱尝灾难的小说。"我相信我们的小说家面对灾难的态度，但我怀疑当下小说家虚构和想象的能力。"文学批评家夏康达先生如是说。我懂此言，一如我懂得中国观众面对西方的大片为什么会一片惊呼。惊呼，源于国外艺术家虚构和想象的力量，源于国外艺术家还原生活的技巧、手法和能力。他们呈现给受众的"现场感"远比生活的"现场感"要丰富得多，因为这样的"现场感"不是直观的，而是多元的、概括的、纵深的、过滤过的、提炼过的、升华过的，足以引起受众来自心灵深处的激烈反应与强烈共鸣。

当然，今天的研讨会还是有价值的，有些声音并轨而来，有些声音相向而行，有了并轨和相向，就有了可贵的碰撞与火花。中国作协《作家通讯》主编高伟以电影《泰坦尼克号》（改编自小说）中船体沉没前乐队临危不惧的演奏为例，来说明虚构和想象在提升悲剧效果中的巨大力量。我赞同这个观点。经历过那次沉船的人早已葬身大洋，他们临死前一刹那的情感流向、人性本相、精神原则、道德形态，只能依靠小说家、剧作家、导演的虚构和想象来完成。沉船不可能在大洋表面留下废墟，现场永远滞留在海地的淤泥和积沙里。天才的摄影家、记者和报告文学作家何以去找所谓的"现场感"？如果不愿"望洋兴叹"，那就得首先让自己变成天才的潜水员。如果谁有此等上天入地的绝活儿，在下愿意作揖敬之，学之鉴之。

于是我在想，假如汶川的罹难一如"泰坦尼克号"，艺术家们还能在没有废墟的伤口上蜂拥而至吗？我们该以怎样的文学形式抵达灾难的彼岸？只有上帝相信，此话本无恶意，我只是在仰望文学的精神。

这就是小说面对灾难的可能性，除非，小说自己变成废墟。

新媒体时代，文学消亡？

——在"新媒体时代与文学"研讨会上的发言

必须承认，新媒体时代在迅速改变着我们的现实世界，包括文学的样式。网络、手机、电视等传媒使偌大的地球变得透明而简单。传统元素被吞噬、颠覆的速度，远远超出我们的预想。手机的功能肯定高于"顺风耳"，视频必定要比"千里眼"强百倍，而网络让我们穿越世界的速度和品质远远高于"一个筋斗十万八千里"。恍惚间，我们疑似生活在古人眼里的神话世界。

文学在新媒体时代的快速变迁，令人瞠目。随着网络文学、手机文学、电视文学等以新媒体为载体的文学样式被亿万读者所接受，传统的纸媒文学相形见绌，显得惨如落日。千百年来，谁也不会想到，有朝一日，文学会远远绕开纸质出版、发表媒介，与高科技的声光电技术结合后，以另一种方式更便捷地进入读者的视野，而且那种写、听、读、画、评、宣联动的方式会使一部文学作品在第一时间成为网民的公共话题，并且通过影视、视频、广告成为工商企业文化、社区文化、家庭文化消费中最强大的一支。于是乎，有人惊叹："新媒体时代，成为传统文学的末日。"有人甚至狂言："书，即将淘汰；书店，将成为记忆；出版业倒闭在即。"

有点像"山雨欲来风满楼"。传统文学是否会在新媒体时代消亡？如果真当个问题，我看有点像杞人之忧，庸人自扰。

在我看来，新与旧是相对的概念。旧诞生新，新代替旧，新旧交替翻新着千古历史的章节，而中国学者总爱头脑发热动不动把"新"这个形容词作为历史阶段的特定标识名词化。一千年后的读者研究上世纪八十年代以来的"新时期"文学时，突然发现那不仅是大陆独有的文学"遗产"，更是"旧"了千年的东西，不骂这茬学者脑子进水才怪。古人面对文化时代的革新与更替，心理要比今人成熟许多。仅以中国文字演变为例，从刀刻甲骨，到毛笔使用，再到钢笔，乃至电脑打字，花了将近八千年的时间，一次次的创新与递进，不亚于革命，如果古人动辄用"新"冠之，如今的这帮"权威"何处再觅"新"词儿。

之所以举这样一个例子，因为例子本身蕴含一个重要理由。那就是书写工具都进入电脑时代了。那最原始、最古老的由羊毛和竹竿组成的毛笔，是否退出历史舞台了呢？答案当然是否定的。毛笔的书写功能减弱了，但是作为创造书法艺术的工具，它依然坚挺，依然旺盛，依然气吞山河。根本上，它在以艺术的形式，表达另一种书写。

同样，我们表达文化信息的载体曾经是陶罐、骨头，后来是竹简、布匹、绢，再后来，有了纸。追根溯源，古老的陶罐消失了吗？你去看看陶瓷市场，自会一目了然。

还有，在高科技的声光电影视时代，流传千百年的舞台戏剧消失了吗？

在以相声、小品支撑的春晚时代，真正的相声却在民间活得更为滋润。在我生活的天津，你到满大街的茶馆一遍，就明白真正的相声艺术，是怎个活法。

属性是可以改变的，但并不意味着消亡。现在我们知道了《诗经》之所以简短了再简短，首先因为当时的书写实在太困难。而今人们之所以爱长篇大论，是因为电脑膨胀了人们的表达欲望。即便承认这个时代的媒体是新媒体，传统文学也不会消亡，只能说文学的形式更多样了，文学的元素更丰富了，文学的呈现更立体了，而传统的功能更是在不断地得到拓展。将来的文学，叫立体文学也好，综合文学也罢，它仍然是文学。

网络文学流行以来，中国文坛自命不凡的人士好一阵大呼小叫，一步三叹，说什么"网络文学尚未成熟""网络文学走向精英文学的路还很漫长""网络文学的品质目前还无法和纯文学相提并论"。面对这样的所谓权威之辞，我真想拍案而起。因为这是典型的缘木求鱼。稍有网络常识的网民都知道，网络文学就是网络文学，网络文学的特征取决于自身独有的载体和面向大众、民间的传播放方式。网络文学如果刻意靠近这些传统文学，还会有生命力吗？我特别要强调的是，网络文学之所以波澜壮阔，蓬勃旺盛，恰恰在于网络文学有他自身比较成熟的"成熟"观，有它自身对精英的理解和"精英"精神。

至于传统纸质文学何处去？在回答这个问题之前，我必须要澄清一个误区，传统纸质文学在中国的日渐萎缩、衰落与滑坡，的确与这个所谓的新媒体有点关系，但不是绝对关系，甚至不是主要关系。传统纸质文学如今沦落到尴尬境地，根因是违背了文学精神，违背了文学常识，违背了文学的原理，罪魁祸首是中国文坛。这个"坛"在近几十年的所谓探索与发展中，丧失了科学主义，混淆了文学是非，把本来在阳关大道好好行走的中国文学，引上了曲高和寡的、不中不洋的、远离民族审美理想的羊肠小道。抛却这个客观存在的因素，纸质文学自身强大的原动力足以让自身在新媒体时代找到坚守与发展的新的制高点，它左右不了文化大势，却照样可以找到自己，它必然会在新媒体时代的夹缝中变成另一支，因为阅读是人们重要的生活方式，而人们的生活并不都在新媒体里，就像一个人的城市生活永远不可能在酒吧、歌厅一样。只要承认文学比毛笔强大得多，就得相信，即便千百年后，一本书，或者一本文学期刊，照样会有人在芭蕉舒展、细竹摇曳的条石上，轻轻地捧起。一旁，照样的红袖添香，照样的古筝悠悠，照样的绿水淙淙。

知道读书人为什么喜欢使用传统的明清家具吗？因为世界太"新"了，必然太累，返璞归真，心灵才能回归。读书人嘛，说穿了也是动物。

这就是属性的顽固和力量。当然，你要改变自己的属性也不是完全没有办法，那必然是你死了，变成土。

文学伦理的秩序与良知

——在"文学伦理"北京论坛上的发言

　　如果在文学的向度和抵达层面构建一种合理秩序，文学的伦理问题是否就会迎刃而解？我想，这之间有画等号的理由。其实，中外文学重构与颠覆、再重构与再颠覆的发展史，本身就是在不同的历史阶段寻求秩序、规范文学行为的过程。发生在两千年前的诸子之争，同样是一种文化伦理的谋求，古人如此，今何以堪？

　　何止古人！大自然的伦理形态可见一斑。大雁秋去春来，它们在蓝天上飞翔的姿态，无论人字还是大字，秩序就是悬在头顶的剑；蚂蚁搬家，最根本的就是在速度和节奏中维护集体尊严，伦理就是瓢泼大雨的撑天之伞。

　　在人间，丧失伦理精神的社会，必然惨不忍睹。政治丧失了伦理，就休想奢望民主与透明，经济剥离了伦理，势必承受恶性竞争和两极分化带来的痛苦，文化呢？文学呢？有个让人恐怖的事实已经摆在那里，在一个深受古代儒家文化和近代西方哲学思想滋养、影响的文化国度，我们文学的精神演化到今天，伦理反而模糊不堪，能够触摸到的灵魂形态，在许多领域居然就是对物欲、占有欲的无度崇尚；就是扒开隐私、彰然暴露的自然主义展示；就是对人性恶、世情薄的刻意追捧；就是对丑、假、伪的不再抑制甚至反其道雕饰；就是对既有经典文学的戏说、肢解、调侃、演绎，就是……时下，这一切在那些所谓的文学家那里被堂而皇之地时尚化，似成文学和历史、现实对接的主流话语。趋之若鹜并为之摇旗呐喊的，恰恰是众多缺乏精神向度的所谓理论家和批评家。于是，文学的承载被认为是虚伪而卑鄙的，文学思想和文学精神被认为是陈规陋习。二〇〇八年，某次全国性的文学论坛主题触及到思想时，许多很著名的理论家犹抱琵琶，闪烁其词，唯恐被这个词矮化了自己的精神高度和学养架构。当不得不发言时，我们听到的居然是关于思想的另一番新解。所谓新解，其实就是"所谓女人，就是理论上不具备男性特征并被上帝赋予生育功能的区别于男人的异类"一类的阐释，绕了老半天，还不如乡村放羊娃来得痛快："女人就是会生崽的人。"这是又一个皇帝的新装！文学式的，具体讲是中国时下文学式的。皇帝的新装在伦理层面惊曝了集体的谎言、伪饰和龌龊，而我们文学伦理的集体沦陷，似乎注定找不到解放区，找不到蓝蓝的天。当我们在理论家絮絮叨叨的学术报告里，耳膜被许多崭新而诡异的概念撞击时，如果说报告厅里还会有文学的阳光透进来，那必然是文学神经早已感悟过的中国古典文学和西方文学经典实实在在的人文气息以及曾经影响过我们的文学道德和气节。

全球化的今天，最有标志意义的文化土壤暴露了最有标志性的伦理问题，浮躁的人们都懒得把它作为话题引入茶余饭后。文学更是如此，人们为什么乐意和日剧、韩剧中那些简单的人物同喜同悲，很简单，在一个模糊了伦理的时代，异邦人在真善美中分出一羹汤，就是国人的文化大餐和盛宴。

所以在我看来，既然作家永远面对的是读者，首要的文学伦理应该是良知，良知是伦理秩序的顶梁柱。你的文字会给人们带来什么，传递什么样的信息，这是文学良知第一个要解决的问题。良知应该是作家心中的宗教，没有宗教意识的作家，他的内心必然被散漫的欲望、自由的情绪和个人意志所操控，他完全可以用黄金的颜色，来形容金灿灿的大便，因为他清楚地知道，文学的专家里，有的是屎壳郎。有宗教感的作家，良知会永驻在他温暖的心灵港湾和悲悯的情怀岛屿上，他不会以否定历史、颠覆规律、藐视法则、哗众取宠为能事，更不可能以脱掉裤子的形式来满足好奇者的窥视欲，因为良知支撑了伦理，从而让作品在审真、审善、审美领域有了合情合理的秩序。这样的文学，至少是讲究德行的文学，有了德行，一本书，尽可以放心地打开。

联想到我本人，当初写长篇小说《皇粮钟》时，有人竭力建议把基层权力执掌者写阳光一些，把西部的现实农村写田园一些，把主人公的感情挣扎写唯美一些。我当然一笑了之。我不是为自己的良知标榜，我只怕这样做读者会懒得捧起它，我在故我思，我思故我写，我可以言不由衷地说话，但我不愿意违背我的个人观察、思考而去牵强附会，违背文学伦理事小，严重的是枉费我宝贵的时间。用写一部长篇的时间，本可以干许多更为顺心的事情。

构建文学伦理的要件很多，就时下的文学，有了良知的支撑，文学就足以让读者闭目养神，这个要求不高，做起来却不一定容易。

首要的突破是破茧

——在鲁迅文学院第二十九期少数民族作家班与天津作家座谈会上的发言

当下文学的成绩当然是有目共睹的，如果光说问题，那些广为诟病的问题大概早已不新鲜了。譬如题材的单一化、叙事的同质化、技巧的模式化、审美的缺钙化诸等。我把这些问题归结为中国的一句古典成语：作茧自缚。

我的核心话题也就在这里：破茧。你是想解下手铐脚镣？还是想戴着它在《奔跑吧兄弟》中竞技。在我看来，突破和发现是有条件的，这玩意儿容易信马由缰，一旦"万变"离了"其宗"，伤了基因，可能会变成怪物。实际上，这样的怪物早已遍及文坛，像自缚其身的蚕蛹。文学要寻求突破，首先要从破茧开始。那么，这层比树皮要厚、比砖头要硬的"茧"从何而来？我归结为四个方面：一是数典忘祖。忽视了民族古典文化普遍性审美元素的汲取和传承，小说中传统文化的链条断裂，基因中植入了变异、芜杂的成分，导致作品不中不洋、不东不西，根本上是丧失了文化自信；二是追风逐浪。文学被娱乐化、时尚化、流行化，把文学精神连根拔起，在浮光掠影中孤芳自赏；三是东施效颦。在借鉴西方文学理论和创作经验时，忽视了思想、理念，特别是历史观、社会观层面的营养吸收，对叙事技巧和方法移花接木。中外合资是为了优化民族商业品牌，而不是改头换面，变卖家产，让职工下岗；四是本末倒置。没搞清小说的受众是谁，造成在专家那头热热闹闹，在读者那里冷冷清清。专家和作家在学术的套路上你追我赶，构成了中国式的文坛双面舞和太极推手。我认可"小众"和"大众"的疆界，但是，当两者之间堡垒森严，那疆界就成了猪八戒用过的那面镜子，你照照试试?

在我看来，这四层"茧"是作家以自赎其身为代价，配合文艺理论家、期刊编辑以及获奖机制一点点、一丝丝、一层层套在脖子乃至全身的。创作和赛跑不一样，它应该是最慢的艺术。慢，并不意味放弃突破，而发现，更需要慢。很多壮丽的突破和发现其实都始于慢功。它需要镇定自若蓄势待发，需要屏息静气眼观六路。如果一味追求快马加鞭、一泻千里，那不是创作，是泄洪，是雪崩，是塌方。咱不能要这个，咱要的是慢工出细活。听起来有点像口号，好在这口号蛮实在、蛮管用的，真正的能工巧匠都懂这行当。磨剑是经验活儿，磨好了，破哪儿到哪儿，那才是自己的手艺。仗剑天涯处，云开雾散时。就像甘肃的兰州拉面，老汤一熬，回味无穷，换了新水，即便是阿尔卑斯山上的雪水，也会索然无味。也就是说，所谓突破，就是把汤熬得更有风格，更有味道;所谓发现，就是新汤优于旧汤。而很多时候，我们都在试图把汤变成水。

我个人也曾是作茧自缚的受害者，后来半梦半醒。主观上当然希望自己最好是醒着的。每当进入创作状态，就随时做好挣脱、突围的思想准备，不是觉得自己的某些小说受到好评就自认为"茧"破得有多麻利，但至少在我闷头疾书时，两手都在扒拉扑面而来的大网一样的千丝和万缕，譬如最近发表在《当代》《芙蓉》《解放军文艺》等期刊的几个短篇《吼水》《一路同行》《幻想症》《寻找》诸等，思路在每一个拐角处，都会有厚重的帐幔劈头盖脑苫过来，咱惹不起，躲得起吧。咱不在乎某些人瞧不起这种方式的呈现，咱在乎破茧成蝶。你到底是要美丽的蛹? 还是同样美丽的蝶，我想，这道理好像应该放到幼儿园去讲。

破茧并不是简单的回归，实际上是返璞归真，它包括文学的常识、创造和精神，它是文学意义的"真"，也是某种意义上的突破和发现。突破和发现不是骑驴看唱本，它是真正的摸着石头过河，力要用在眺望对岸的花上，而不是把玩脚下的石头。把玩不好，连石头也不会承载你。水能覆舟，石头能覆你。

破茧成蝶，你爱咋飞就咋飞，世界都是你的。